走得最急的都是最美的时光

time goes by fast when you are in sweet hours

——赵凝

江苏凤凰文艺出版社
JIANGSU PHOENIX LITERATURE AND ART PUBLISHING,LTD

图书在版编目（CIP）数据

走得最急的都是最美的时光 / 赵凝著. -- 南京：江苏凤凰文艺出版社，2016
ISBN 978-7-5399-9613-4

Ⅰ. ①走… Ⅱ. ①赵… Ⅲ. ①散文集－中国－当代 Ⅳ. ①I267

中国版本图书馆CIP数据核字(2016)第202737号

书　　名	走得最急的都是最美的时光
作　　者	赵　凝
责任编辑	邹晓燕　黄孝阳
出版发行	凤凰出版传媒股份有限公司 江苏凤凰文艺出版社
出版社地址	南京市中央路 165 号，邮编：210009
出版社网址	http://www.jswenyi.com
发　　行	北京时代华语图书股份有限公司　010-83670231
经　　销	凤凰出版传媒股份有限公司
印　　刷	北京文昌阁彩色印刷有限责任公司
开　　本	880 毫米 ×1230 毫米　1/32
印　　张	8.5
字　　数	145 千字
版　　次	2016 年 11 月第 1 版　2016 年 11 月第 1 次印刷
标准书号	ISBN 978-7-5399-9613-4
定　　价	39.80 元

在长长的一生里　为什么
欢乐总是乍现就凋落
走得最急的都是最美的时光

——席慕蓉

心情好时，是最美的。有事可做，是最美的。有人愿意为你做一顿饭，是最美的。有闲情去街上走走，亦是最美的。所谓美好，就是这些不知不觉的小片断连接而成的最美时光。

※

赵凝

※ 赵凝

爱你，就是和你在一起的时候心不慌，天塌下来都能从容面对；爱你，就是把日常生活变成艺术，让真正的艺术变得有点可笑。爱你，很了不起；爱你，又很平常。

※

赵凝

美丽可以是一个形象，一处景色，也可以是一份心情。美丽不等于漂亮，不等于华丽，也不仅仅是形式上的存在，它更是一种感受，一种对事物内在的发现、认知与欣赏。

走在长长的人生中，扮着自己的角色，喜怒哀乐、甜酸苦辣，都要品尝过才不枉走过人世一场。人生便是经受苦难与快乐，笑与哭都得面对。懂得享受过程，才会获得快乐的人生。

※赵凝

用最好的时光爱你，就是我洗碗的时候，你帮我系围裙；我在书房工作的时候，你轻轻敲门才进来。书桌一角摆着的绿萝，是我睡着的时候，你悄悄出去为我买的。

※

赵凝

目录

遇 × 世间所有相遇都是久别重逢

世界上有许多种遇见，最美的，莫过于，在我最美的年华里与你相遇。世间所有的相遇，都是久别重逢。

恋 × 你在我最美的时光里

我很幸运，并不是因为我在最美的时光里遇见你，而是因为遇见你是我一生中最美的时光。

纯 × 一生只够爱一个人

从前慢，一生只够爱一个人。爱你，就是和你在一起的时候心不慌，天塌下来都能从容面对；爱你，很了不起；爱你，又很平常。

缘 × 如诗亦如是的美好

与君相见，便是一生。

如果不是上天定好的缘分，为什么我们会一生痴恋一个人，为他生、为他死、做他喜欢的事、听他喜欢的歌、成为他爱慕的那种人？

甘 × 有一天，我们可不可以如此幸福

幸福就是彼此喂糖吃，而不是一个人喂给另一个人。

好的生活，只一个人努力是不够的，婚姻亦如此。

懂 × 爱的本味是两个人彼此懂得

有一种懂叫作理解，有一种懂叫作忍让，有一种懂叫作成全。

懂是一种放手，而不是拥有。

懂你、懂我，彼此懂得。

真 × 美好的入梦时光

满目金黄色的法国梧桐，诉说着季节变换，告诉人们“秋来了”“秋来了”。可这秋天真的很短，短得有时还来不及拿起照相机拍下那些美景，秋就已匆匆忙忙溜走了。

美 × 一辈子不长，做你最想做的事

或许，幸福就是选择一件喜欢做的事情，每天靠近它、握紧它、揣摩它，想尽办法融入其中，并且把那件喜欢的事做到极致的好。

遇

世间所有相遇都是久别重逢

世界上有许多种遇见，最美的，莫过于，在我最美的年华里与你相遇。世间所有的相遇，都是久别重逢。

1. 在最美的时光里与你相遇

用最好的时光爱你，就是我洗碗的时候，你帮我系围裙；我在书房工作的时候，你轻轻敲门才进来；书桌一角摆着绿萝，是我睡着的时候，你悄悄出去为我买的。

那一年，我22岁，刚刚大学毕业。第一次见你，我们都很年轻。你高大、英俊，手里拿着篮球；我穿白衬衫蓝格子裙，书包里放了很多书，沉甸甸的。我们相视一笑，没想到一生的情缘就此确定。

春天，我们参加了一个活动，活动的内容是二人一组，到颐和园种树。我和你被分到一组，很自然地走到了一起。

你那么帅，目光坚定、沉默少言，从不过分表现自己。种一棵小树苗，需要挖很大一个坑。我们都没种过树，只从书本上得知，树坑要挖得深一些，小树苗才会长得快、长得好。别人都在说笑，只有你毫不犹豫地跳下去挖坑，沉默地干着活。

我到卡车旁去领了一棵小树苗，第一次知道，高大的白杨树原来还有这样纤细弱小的时候。就像我们的爱情，不自知地在土壤里生根发芽、向上生长。

不知不觉间，我们已经在一起幸福地生活了许多年。有一天，忽然想起那棵树，想要一起去颐和园看看，便开车去颐和园散步。正值夏季，园中植物茂盛，沿湖的大柳树在微风中摇晃着沉甸甸的枝条，一如我们沉甸甸的爱情。

颐和园的柳树很多，杨树却不好寻。不知当年是在哪里挖的坑、种的树，只知道大概的方位。我们沿着湖边走了一大圈，终于在一片三角地带找到了一大片杨树林。我们走进树林，才发现当年的小树都已长成了参天大树。

用最好的时光爱你，亲眼看着小树变成大树、幼童变成青年，事业发展壮大。我变成了自己当年渴望的角色——作家、电影编剧，你陪我共同度过了许多美好时光。我们很少争吵，相互爱慕，拥有着最好的家、最好的爱情，还有一棵看不见的树。

用最好的时光爱你，就是每天中午起床，你一边放着 NBA 篮球赛一边煮西红柿鸡蛋面给我吃。

用最好的时光爱你，就是在你心情不好的时候，我会讲笑话给你听，虽然你很严肃，不太爱笑，但总会有一个冷笑话把你逗笑。

用最好的时光爱你，就是我洗碗的时候，你帮我系围裙；我在书房工作的时候，你轻轻敲门才进来；书桌一角摆着的绿萝，是我睡着的时候，你悄悄出去为我买的。只要我说喜欢喝哪种饮料，我们汽车的后备厢里就会堆满那种饮料……

我们共有一个可爱的家，上下两层，墙上有湘绣，沙发上有蓝色丝绒；挂着大幅的遮光窗帘，书房地上堆满了书……

你喜欢做饭，我喜欢收拾房间。油焖大虾你做得最好吃，我还喜欢吃你做的鱼。我们喜欢吃清淡的素食，偶尔会喝点小酒。我们喜欢一起窝在沙发上看电视剧，或手拉手一起去散步，看晚霞、看荷花、看小雨打在湖面上溅起的水花；听风、听琴、听喜鹊的叫声。偶尔还会在大露台上捡到一根羽毛，知道曾有大鸟从我们头顶飞过，还留下了一点信物，仿若神迹。

我们都爱大海、爱雪、爱一切干净辽阔的东西。我们从不说出那句“我爱你”，我们一直用心在恋爱。我们是最亲的家人，也是最黏人的情侣。

有多少好时光，那就都拿来一起度过吧。生命这样长，繁花若梦，为什么不好好享受它呢？

2. 遇见你是我的清福

家有暖男的幸福生活，就是全世界都疯了，你们仍然很安静；全世界都安静下来时，你俩却在自家温暖的小窝里跳起舞来。

陈小春和应采儿曾做过结婚对戒的广告，内容也没什么特别，就是一个家、一张沙发、一个很大很亮的厨房，还有我最喜欢的楼梯和落地灯。

家有暖男的幸福生活，从漂亮老婆拉不上背后的裙子拉链开始。她穿一袭粉色长裙，看起来好漂亮。一只手伸到背后，怎么够也够不到拉链，于是急匆匆跑到白色楼梯栏杆旁，大叫了一声“老公”。

看到网上留言，有人说应采儿的声音不太好听，我倒觉得她很真实。一个女人在家里大声叫“老公”，难道还要用花腔女高音？

她生病发烧，老公端着一个大碗喂她药，陪她一起看电视；她伤心的时候，也要叫上老公陪她一起伤心。

陈小春拿锤子钉钉子，刚敲了一下就“嗷嗷”大叫，好像敲到了手指。应采儿急急地跑过来问：“怎么啦？”陈小春调皮一笑：“嘿嘿，骗你的！”

他们一起跳舞、一起吃水果，腻在沙发上的时候，应采儿问陈小春：“老公，我每天这样叫你，会不会很烦？”

陈小春搂住老婆，小声说：“怎么会？”

家有暖男的幸福生活，就是当清晨第一缕阳光照进你的房间时，你一睁眼就能看到他的脸。小春的脸很有特色，他曾在电影里饰演古惑仔赵山河，可那又怎样？谁能挡住一个“坏人”当暖男的脚步？

家有暖男的幸福生活，是有应有答的生活，你叫一声“老公”时，一定会有人答应一声“唉”。两个人一起吃饭、一起散步、一起看电影；秋天枫叶红了的时候，出去走走，背影那么美，羡慕死路人甲，还有乙、丙和丁。

家有暖男的幸福生活，就是全世界都疯了，你们仍然很安静；全世界都安静下来时，你俩却在自家温暖的小窝里跳起舞来。

管它春秋与冬夏，家有暖男，你就可以做自己世界里的小女王。

3. 校园里的冬之恋歌

他们是“冬季校园之恋”中修成正果的一对恋人。美好的爱情往往是润物细无声的，爱得持久、爱得踏实。

在“北师大”，从东往西走，走到科技馆前的一盏巨大的路灯下，灯的形状如未来世界里的飞碟，闪着异样的光芒。被它一照，所有人物和树木都在光影里，仿佛电影里的场景。我在电话里告诉慕稚，我就站在灯下，在灯下等她。

我做过主持人，我知道，一切景物都会变成歌。此时，《冬季的校园》旋律在耳边响起：“我亲爱的兄弟，陪我逛逛冬季的校园，给我讲讲那漂亮的女生、白发的先生，趁现在没有人，也没有风……记得校门口的酒馆里也经常有人大声哭泣，黑漆漆的树林里，有人在叹息……”

站在“北师大”校园里，感觉这首歌的旋律格外美。毕业于“北师大”的慕稚来接我，我们一下子就认出了对方。我们在校园里并排走着，边走边聊天，仿佛又回到学生时代。

很快就来到了励耘楼，美生的家住在这里。

推开门，欢声笑语扑面而来。我们又回到了十八岁，又见到了高中时的好友，小璞、美生、和宇、燕儿，男生只有一个代表人物思平。我们实验中学曾是北京有名的女中，后来恢复了男女同校，仍是阴盛阳衰，女生比男生要多一些。

终于见到了美生口中的“暖男好先生”，声如洪钟的数学系教授。他高中时就读的是北京八中，也是北京名校。他和美生是“北师大”数学系的同班同学，两人都浓眉大眼，很有夫妻相。

他们是“冬季校园之恋”中修成正果的一对恋人。美好的爱情往往是润物细无声的，爱得持久、爱得踏实。

他俩都爱美食。美生做得一手好菜，大圆桌上摆得满满的。她家的饺子可真好吃，个儿如小包子一样大，鼓鼓的，热得烫嘴。我们中西合璧，红酒就饺子，恰好隔壁小孩子正弹着钢琴，怎一个“美”字了得！

我问美生夫妇，为什么墙上的钟慢了 15 分钟？

答曰：墙上有神秘磁力。

众人大笑。冬季的校园中，没有人，也没有风，到处都回荡着我们的笑声……

4. 还有一种东西叫爱情

这世界上，除了钱，还有一种叫“爱情”的东西存在。

童话，并不全是骗人的。

25 岁女孩小郭认识了一个很有钱的男友万鑫，幻想着能嫁入豪门。他们是经朋友介绍认识的，第一次见面万鑫就告诉小郭，他在北京有一幢价值千万的豪宅，小郭听后心里有点小触动。

小郭是一个外地来北京打拼的女孩，所在的公司不错，专业也对口，就是北京房租太贵，挣的钱一半都交了房租。她的高中同学张小志还在老家工作，他俩经常会发微信相互关心一下，但两人并不是通常意义上的男女朋友。

小郭很想在北京有个家，但张小志希望她可以回南方老家工作。那座城市物价不像北京这么高，有山有水风景也好，父母也都在那里工作，对小郭这样的女孩子来说，回去似乎是更正确的选择。

可她就是不甘心。在他们那座城市里，没有跟小郭的专业对口的工作，小郭回去就意味着改专业，一切都得从头来。小郭已工作三年，事业上打下了良好的基础，而且，她喜欢北京，她希望在这儿一直干下去。

“不如找个有房子的嫁了算了！”小郭的女友纤纤帮她物色了个钻石王老五万鑫。万鑫家里是做餐饮生意的，自己也会做菜，认识不到一个礼拜，万鑫已经带小郭出去吃了好几顿大餐，并且亲自下厨为小郭做饭，送玫瑰花，一切都很俗套，但也很令人感动。小郭暗想，有钱真好！

但她发现，自己对这个万鑫就是不来电。万鑫个子不高，脑袋有点大，国字四方脸，说话快且细碎，唠唠叨叨的，让小郭听起来有些厌烦。那一晚，万鑫开着他的凯迪拉克轿车带小郭参观他的豪宅，那是一幢价值两千万的独立别墅，三层小楼，绿树环绕，环境极佳。

小郭看见房子，有点冲动，差点答应了跟万鑫交往的要求。就在两个人站在大客厅里默默相对的时候，小郭的手机响了，电话是老家的同学张小志打来的。一听到小志的声音，小郭的眼泪就在眼眶里打转。小志说："郭佳，告诉你个好消息，我买了飞机票，明天去北京。"

小郭默默地挂断电话。她隐隐地感觉到，明天会有大事要发生。接下来万鑫带她参观豪宅，楼上楼下，极尽豪华。小郭眼睛里看着大房子，心里却在想着另一个人。

第二天上午十点，小郭到机场接机，她一眼看到了从玻璃门里走出来的张小志。小志高高的个子、清瘦的身材，好久不见，他的样子一点都没变。

这一天整整二十四小时，他俩黏在一起，昏天黑地。次日上午十点，小郭决心已定，她拿出手机给万鑫打了个电话，说自己已有了男友，两人快要结婚了。

万鑫心里明白是怎么回事，他没有俗气地送上祝福的话，只是对着手机说了这样一句话："我有豪宅千万，不及他温柔一晚。"说完，他竟然感觉到有一点点诗意。这世界上，除了钱，还有一种叫"爱情"的东西存在。

童话，并不全是骗人的。

5. 与君相见，便是一生

与君相见，便是一生。如果不是上天定好的缘分，为什么我们会一生痴恋一个人，为他生，为他死，做他喜欢的事，听他喜欢的歌，成为他爱慕的那种人？

《芈月传》里的公子歇，让我们重新感受到了爱情的美好。他是穿白衣的翩翩少年，有着干净的单眼皮，眼神温暖，身体清瘦。他与芈月一朝相见，只看一眼，便是一生。黄歇总是在重复着那一句话："黄歇自小只喜欢芈月一人。"

青春少女，情窦初开，哪个年轻女子听了这话不是心口小鹿乱撞？芈月看黄歇的那眼神，如春天的桃花，好生妩媚。黄歇看她，也是眉目传情。你有情，我有意，偏偏威后硬要拆散两人，让茵公主跟他成亲。天下姻缘，是上天早已安排好的，人力不可违逆。

黄歇逃出宫去，与芈月相会。芈月一句“芈月现在就愿意做黄歇的妻子”，说得情真意切、感人至深。

网上曾有一条微博说“黄歇好男人”，黄歇的眼神、衣着神态，无一不勾魂。恋爱，便是两情相悦，是你心里住进一个人，再也没有空间让给其他人。

与君相见，便是一生。如果不是上天定好的缘分，为什么我们会一生痴恋一个人，为他生，为他死，做他喜欢的事，听他喜欢的歌，成为他爱慕的那种人？

与君相见，其实有一定的难度。人海茫茫，两个人相遇全凭机缘巧合，在《芈月传》里叫“听从少司命安排”。“少司命”是主管妇女小孩命运的神，女人一定要敬重她。

冥冥中自有神灵在安排着一切，幸福有时来得太突然，我们欣然接受便是。

6. 姐弟恋也很美

人类的情感原本就是多元化的，同龄人的爱情是一回事，有年龄差的爱情又是一回事。人生境况不同，爱情的滋味也不尽相同，只要是你情我愿的爱情，都是美好的。

身边有几个女友最近都不约而同地谈起“姐弟恋”，有的年龄相差之多，令人不禁感叹，时代不同了，男女都一样。

知慧因为找到比她小 9 岁的男友，心情大好，聚会时常常谈到这个神秘男友。有一回喝咖啡，大家都在聊天，知慧和她男朋友手拉手走进来，我第一眼看到他们时，并没有想到他们的年龄，只是觉得他俩都很高兴，两个人脸上都挂着笑容。

年少时常听大人议论，那个谁谁是老夫少妻，心中不屑：那又怎么了？人家两人要好，又没危害社会，为什么不可以？听说齐白石到暮年还娶到了年轻女子，还生了儿子。许多文人雅士对此津津乐道。

老夫少妻似乎是中国传统文化的一景，封建社会是男人的社会，法律法规都是男人制定的，专为男人服务，他们有的娶妻纳妾并不是情感的需要，而是为了生儿子，传宗接代。

如今社会开放，爱情自由，许多事业很成功的女性人到中年，蓦然回首，才发现爱情缺失了一大块。周围同年龄的朋友早已成家立业，有的孩子已经上高中了，而自己还是孤身一人。

女子在中年遇见年轻男性，发生美好爱情，在如今这个匆忙的社会，是件再正常不过的事情。女人的美丽，不单单只在二十几岁时，只要她热爱生活，努力完善自己，一生都可以是美丽的。

有许多年轻男性都有被大女人吸引的经历。她们温婉如花，优雅知性，待人处事没什么棱角，通透圆融得很。她们对异性的态度相对温顺，不愿伤人自尊心。年轻男子刚刚步入社会时，想要的不过是一点点自尊，还有就是温柔相待，这些大女人身上全都有。

“姐弟恋”流行还有一个重要原因，就是当前二三十岁的这些年轻人大都是独生子女，是被宠爱着长大的，依赖性都比较强，“姐弟恋”能给他们带来安全感。

人类的情感原本就是多元化的，同龄人的爱情是一回事，有年龄差的爱情又是一回事。人生境况不同，爱情的滋味也不尽相同，只要是你情我愿的爱情，都是美好的。只要当事人感觉好，那就是幸福。

7. 爱情木马

如果世界上真有这种“爱情花”就好了，那些拿不定主意的男女，也别写什么情书、发什么微信了，就往那朵巨美的、闪闪发光的“爱情花”前面一站，那些电子光束发出的美丽光焰就能告诉你一切，爱与不爱，一切交给机器说了算。

最近在写电影剧本，本来很想以《生活是甜美》作为电影的片名，但不知制片人和投资方是否愿意，后来改成了《我是女主播》。电影讲的是一个女主播的故事。她的名字叫梦瑶，从小生活在大城市，人长得漂亮，口才又好，舌头快得如同上了马达。

电影中的另一个人物叫满仓，正好与她相反。他身上总是粘着木屑，衣着土气，行为怪异，他带着他的装修队来给梦瑶家搞装修，一来二去的，两人就认识了。

这部电影讲的是阴错阳差的爱情。其实，生活中也有许多阴错阳差的事情，明明想买某个楼盘的房子，在北京城开着车转来转去，转了几个来回之后，却在签合同之前忽然改变主意，想买下另一楼盘的房子。价位高出了几个台阶，却因环境优美而决定投资。

梦瑶和满仓的爱情，是由“电子花”来决定的。我大学是学计算机的，后来转行当了作家。我在电影里设计了一个计算机专家志远，他设计了一款能测试出爱情的高科技产品“电子爱情花”。当你的另一半出现的时候，“爱情花”就会开放；如果他不是你的真命天子，爱情花就不会开。

如果世界上真有这种“爱情花”就好了，那些拿不定主意的男女，也别写什么情书、发什么微信了，就往那朵巨美的、闪闪发光的“爱情花”前面一站，那些电子光束发出的美丽光焰就能告诉你一切，爱与不爱，一切交给机器说了算。

小时候读过一本科普书，说到了未来世界可以不用吃饭，一天只吃一粒药丸，就可以满足人体全部需要，还能精力充沛地工作。我当时听了觉得很神奇，托着下巴想了半天，直到被妈妈喊去吃饭，才走出自己的房间，望着白花花的大米饭笑出声来。

我当时边吃饭边想，不用吃饭的未来世界什么时候才能到来呢？那时没有手机，没有电脑，孩子了解外面的世界全凭看书。如今我们有了手机、电脑，对童年的那个我来说，现在就是“未来世界”。我们拥有了许多高科技产品，武装到牙齿，但似乎还没有先进到不用吃饭的程度。后来细想，觉得我们不是没有那个技术，而是人们喜欢吃饭。

同样道理，恋爱这事儿也一样。吃饭、谈恋爱都是人们喜欢的，再先进的科技也取代不了人脑，人的感官享受无法被格式化。《我是女主播》是一部喜剧电影，等到电影拍出来放映的时候，也可能会被改成其他名字，但，电影带来的欢乐是永恒的。如果电影院的笑声久久不散，这样已足够好。

8. 做自己的女王

“我将我的城堡关上，吊桥收起来，不听他在门外骂街。我放上一卷录音带，德沃夏克《新世界交响曲》充满了房间。我，走到轮胎做的圆椅垫里，慢慢地坐下去，好似一个君王。”

很喜欢《北上广不相信眼泪》中马伊琍扮演的潘芸的那股劲儿，别人欺负赵小亮，她抄起手边的玻璃烟灰缸就要上去跟人家拼命。她处处护着自己的老公，又爱家、又爱钱，工作还那么努力，真是一个好女人！

当潘芸得知香港老板于德伟喜欢自己的时候，她没有沾沾自喜，也没假装清高、故作姿态，而是认真想了想，感觉自己对于德伟也有好感。这是一个女人真实的态度，有人喜欢自己，总不是坏事。

女人只有做得了自己的主，才能获得真正的自由。如果一个女人依附心理太强，总觉得有自己的男友或老公罩着，做事不动大脑，久而久之，就会变成一件附属品、一个没有主见的摆设、一个玩具娃娃、一个衣服架子、一个无脑的婴儿……

做自己世界里的女王，即使结了婚也要有独立精神。经济上有独立支配的部分，有自己的朋友圈，家务事分摊，别让老公觉得，你在家里累死累活地做饭、擦地板、清洗卫生间……都是应该的。

女人都应该有一间属于自己的书房，关起门来自成一番天地。书房里有书、有花花草草、有绿植和电脑，你可以独自坐在电脑旁工作，无人打扰。你还可以在书房里听音乐，听听王菲、周杰伦的歌，听听麦克尔·杰克逊的歌，最近新冒出来的《南山南》和《一次就好》很好听；最平常的日子可以边写东西边听钢琴曲《秋日私语》，叮叮咚咚若有若无，也很美。

做自己世界里的女王，学会做一两样拿手菜，不要总在微博上转发菜谱、转发那些美丽的图片，当自己动起手来时，却只会煮方便面。家要布置得清新、舒服，一切不光是为了好看，还得用起来顺手。看三毛的书，让人印象最深的是她如何在沙漠里布置一个新家。

三毛有一篇文章叫《白手成家》，看了许多遍，仍是喜欢。“我将我的城堡关上，吊桥收起来，不听他在门外骂街。我放上一卷录音带，德沃夏克《新世界交响曲》充满了房间。我，走到轮胎做的圆椅垫里，慢慢地坐下去，好似一个君王。”

恋

你在我最美的时光里

我很幸运，并不是因为我在最美的时光里遇见你，而是因为遇见你是我一生中最美的时光。

1. 真爱不需太疯狂

所谓爱情，不是越浓越好的。如果它是果汁，30% 的浓度就好，剩下 70% 用来干正事、想正事。男人女人最好都要有一份属于自己的工作，不仅仅是为赚钱谋生，更是为了“心有所归”。

结婚不是撞大运，男女双方一定要讲条件。注意，是讲条件，不是要彩礼，不要误解我的意思。结婚就像两台精密仪器安装在一起，调试好了，功效加倍；调试不好，两台都得报废。有的机器单独使用的时候是好样儿的，却无法与另一台拧装在一起。世界上的事，就这么奇怪。

有一种女强人或者“大龄剩女”，找来找去，找的全都是“弱男”，只会哭天抹泪要生活费，连抽根烟、喝杯可乐的钱都得伸手问女人要。我的读者中，不乏写信来向我诉苦的女人，我很同情她们。

“结婚，要找哪种人？”这的确是一个问题。

婚前、婚后的生活、感情倦怠期，妻子怎么打扮、谁来管钱、怎样度过二人世界、手机信息该不该保密……说到底，这些都跟“结婚，你要找哪种人”有关。一旦找对了人，所有的问题都不是问题；找错了人，不是问题的问题，也会像春日里的樱花那样，小风一吹，就会花瓣飘落一地。

我希望所有没结婚的、结了婚的人，都心眼明亮，不盲从。爱从来都不是飞蛾扑火，飞蛾的爱只有死路一条。爱是从容的、经得起时间考验的，爱不需要说出来，大爱无言。

恋爱中的女子，都希望自己的男友全部心思都扑在自己身上，每分每秒都想着自己。前几天我在电视里看到一个明星夸赞自己的老公，说她在拍戏的时候，她的明星老公每隔五分钟就要掏出手机来看一下，看看自己亲爱的老婆大人有没有来电话。

她认为这是一种幸福，我却不以为然。幸福有大的框架、大的格局。如果两个人已经结婚，关系还停留在五分钟一条短信、一个电话上，反而证明你俩的关系并不牢靠，其中一方需要不断打电话来确定自己在对方心中的位置。

至于说那位五分钟看一眼手机的家伙，我敢保证，他如果用这种态度来对待工作，那他的人气一定不会上升，拍出来的戏也不会好看。因为他心不在焉，在别人拼尽全力工作的时候，他却在打电话、发短信，“魂”已经被老婆勾走了。

他戏演得不好，从此就不会再有人找他拍戏。经济状况每况愈下，兜里没有了钱，房屋贷款催命鬼似的，天天催，他还能美得起来，还会五分钟看一眼电话？哪有那个心情啊！

再说那小鸟依人的新婚妻子，老公事业做得顺的时候，每天都有进账，钱哗哗地往账户上飞，就跟大风刮来的似的。她一个人闲在家里，修修指甲、打打电话，日子过得逍遥自在。一口一个“老公”“亲爱的”地叫着，生怕自己的嘴不够甜。但是有一天，老公的事业走了下坡路（工作时三心二意，不拼尽全力的男人，事业势必会走下坡路），老婆的甜嘴立刻就变成了“毒舌”，怎么刻薄怎么说，最后从“小鸟依人”变成一只飞上别人枝头的鸟。鸟还是那只鸟，可树已经不是那棵树了。

“情场得意，职场失意”，都是人为原因造成的。爱就爱了，别那么得意忘形、斗志松懈。职场如逆水行舟，不进则退。与其整天拿着手机摆弄来摆弄去，不如多些心思在专业上。

台湾作家李敖写过一首歌词，叫《只爱一点点》：“别人的爱情深，我的爱情浅”，我喜欢这种简单直白的爱情诠释。爱情本就是男女相悦，并不是什么复杂的事，我们的电影、电视剧、小说、情感节目，把婚恋中的矛盾扩大化了。

我也主持过情感节目，深知节目之道。没有大的矛盾冲突，调动不起观众的胃口来。为了那个该死的“收视率”，有的电视台甚至不惜把节目做得低俗到地平线以下。方言调笑、大声笑场、情绪失控、吐字不清、说话有痰音……这些所谓的节目总是折磨着观众的视听，同时造成爱情很复杂的幻象。

除李敖之外，没有一个人敢说“只爱一点点”，他们希望爱情这件事越复杂越好，因为这是他们的“饭碗”。

现实生活中选老公，首先要确认，他必须是单身的。有人可能觉得这一句提醒有点多余——结婚、找对象嘛，谁还不知道找单身男人？但现实生活中却有很多女人糊里糊涂地搅进别人的婚姻、爱上已婚男子，进退两难、尴尬至极。

确定了他是单身男人之后，还有一点也是必要条件：他喜欢你，但不是“疯狂地爱上你”，不吃不睡、辞掉工作，全职恋爱，像发了疯一样，恨不得跟你黏在一起。这种“疯癫爱情”不能要。

我们的文化受影视、文学作品的影响，许多人把爱情看得很偏激，比如什么“杨过和小龙女”、为爱殉情、“下辈子我还爱你”……全是些听起来有些吓人的生死故事。其实，这并不是爱情的精髓。试想，有个人出现在你生活里，老用生生死死的事儿来吓唬你，动不动就要割腕或者上吊，你还有心情爱吗？

生活不是电影、不是小说，找老公还是找个正常点的好。他能带给你一份安稳，是一个让你放心的人；他有能力处理好一切，为你着想，但不至于五分钟一个电话地打给你。

“疯癫爱情”可能带给你短暂的刺激，他以为自己在演戏，一会儿变出九百九十九朵玫瑰、一会儿站在高楼上大喊大叫“我爱你”——这些影视剧里时常出现的情节，可能暂时会有打动女人芳心的魔力，但如果你认为这就是爱情的全部，那就大错特错了。

最近看到一个“全职情人”的案例，那个男人爱得疯狂，把对方给杀了——案例中的栾某四十多岁，有家，但婚姻关系已濒于破裂，正处于感情饥渴状态，在这个节骨眼儿上，遇见一个二十五岁的外来妹，两人一见钟情。

外来妹没房子住，栾某正好在外面租了房子，两人同居了。栾某原本是名出租车司机，挣了一些钱，手头比较宽裕。与外来妹一见钟情后，栾某干脆辞了工作与她长相厮守。“什么也不干，我俩每天就关在屋里说话。百分之八十都是她说，我特爱听她说话。”由此可见，栾某与外来妹的感情有多好。

一个四十多岁的男人，辞了工作专职去谈恋爱，这事怎么想怎么觉得“疯狂”。什么事都不干，“我的眼里只有你”，这种疯狂举动的背后，已隐藏危险。

半年之后，女孩提出分手。起因是这个外来妹一直希望栾某给她买一套房子，栾某买不起。他手里哪有那么多钱？早已经零零碎碎全都花在这女的身上了。栾某恼羞成怒，用刀捅死外来妹，酿成命案。

当然，这是“疯癫爱情”的一个特例，但也说明一个问题：所谓爱情，不是越浓的越好。如果它是果汁，30% 的浓度就好，剩下 70% 用来干正事、想正事。男人女人最好都要有一份属于自己的工作，不仅仅是为赚钱谋生，更是为了“心有所归”。

工作带给人们的满足感，是其他任何事都无法取代的。我很喜欢我的工作，因为写作是我在擅长的领域“游泳”，来自同行的夸赞、读者的赞美，这些都会对我的心灵产生影响，让我产生愉悦的感觉，写出来更多好作品。

案例中的栾某，把人生所有东西都像赌博一样押在了一个女人身上，一旦这段感情松动，他的人生宝塔就会彻底垮掉。

选老公不选“疯癫爱情”，是女人谈恋爱之前必打的预防针。

2. 欠什么，别欠爱情

> 天下的富贵，都是小心经营的结果，无一例外。就算你继承了上亿财产，若不小心经营，几年之后也照样会两手空空。

经济上的实力是否强大，是女人挑选老公最重要的标准之一。小丽从小家境贫寒，所谓“穷怕了”，一心想嫁个有钱人。第二次约会时，小丽就问男友账户上的存款是几位数。

中国古人常说“富贵在天”，不是没有道理。

小丽这种“穷怕了”的女孩子，一心想通过婚姻翻身，结果往往不尽如人意，跟富贵无缘。

由于第二次约会就问存款的事，小丽给男友留下了“她看中了我的钱”的不良印象。结婚后，虽然小丽很顾家，也不乱花钱，但老公始终不敢把经济大权交给她。小丽心情郁闷，经常为钱的事跟老公吵架，结婚还不到一年就离婚了。

挑老公不是挑账户，而是挑人。如果这个人跟你合得来，银行账户上多一个“0”、少一个“0”，那又何妨？在中国大多数城市家庭里，还是得男女双方都出去工作，男女一起赚钱，日子总不会过得太差。关键是两个人要一条心，共同创造一个美满的家，而不要把丈夫当成摇钱树或者超级大钱包，认为女人生来就是来享受的。

天下的富贵，都是小心经营的结果，无一例外。就算你继承了上亿财产，若不小心经营，几年之后也照样会两手空空。

钱是为人服务的，千万别被一张百元大钞遮住双眼，“穷怕了”的心理更是要不得。从容、理性地选择老公，才是长远之计。

有不少情感专家认为，女人结婚不应该重视对方的相貌，因为外貌毕竟是表面文章。我认为，结婚是一辈子的事，要找个顺眼的、合眼缘的老公，可能比对方家庭背景或者学历更重要。

当然，帅与不帅，每个人的眼光不同，得出的结论也不同。可能有人觉得陆毅很帅，但也有女人觉得他的气质不是自己喜欢的类型。你未来的那个他帅不帅，最终还是你说了算。要找个自己喜欢的，千万别凑合，或因为经济原因委屈自己。

相貌的另一个极端，就是有的女人以貌取人，是“外貌协会”

的，这样很容易受骗上当。我有位英文名字叫Jane的听众，是位“凝迷”，收藏了我写的每一本小说、散文集，经常写信给我。她说很想见我一面，“或许，你能把我的故事写成小说”。

“献故事”这种事，通常我是不接受的。大多数恋爱故事都大同小异，当事人感觉天旋地转、感天动地，而倾听者并不以为然。Jane的故事却很特殊，因为她爱上一个相貌英俊的骗子，并且与他同居了将近一年的时间。

我最终和Jane见了面。我喝着咖啡，听她诉说了许久。

后来，我把她的故事写成一部小说。那个男的除了相貌长得“不像坏人”外，就是个彻头彻尾的骗子。他寻找各种理由从Jane手里骗钱，软磨硬泡地让Jane给他买了一辆12万元的新车。他跟汽车销售人员暗中串通，新车标价15万，他不仅得了一辆新车，还从中多拿了3万元现金。

类似的事情还有很多，Jane甚至发现他连大学毕业文凭都是假的，他以前的许多所谓经历，也是随口瞎编的。Jane说，他说每一件事的目的都是问她要钱，大钱小钱都要，数目不等。有时，他连一条烟钱都不肯自己掏，花上半天时间软磨硬泡，以达到她给掏钱买烟的目的……

没有深陷情感的明眼人一眼就能看出，这个一天到晚拿爱情当幌子要钱的男子是个骗子。后来果然查出，该男子先后交往过16名女子，每次恋爱都“轰轰烈烈”，然后要求对方给他买贵重礼物，电脑、数码相机、钻戒、汽车甚至房子。

这名男子以诈骗罪被公安局抓获后仍不承认自己有罪，他说自己只不过是问那些女人“借钱”。他还恬不知耻地说：“几万块钱对她们来说根本不算什么，只是借我的手，帮她们花掉了那几万块而已。”

这样的男人实在太无耻了，就好像女人都是钱太多烧得慌，需要找个人来帮忙花钱一样。

“我当初为什么就没看出来？”Jane说，“我不是个糊涂人呀，我平时是个很精明能干的女人。”

Jane是外企公司高管，年薪丰厚，专心做事业，不理俗事。那个男人正是钻了这个空子。他们认为，这种女人看似高高在上，其实最好骗。她们警惕性不高，对谁都亲切友善，又好面子。她们在学校是好学生，工作后是女强人，没有太多恋爱经验，几句好话就能骗取她们的信任，然后问她们借钱、要东西，巧立名目、花样翻新。

骗子一般都心虚，如果仔细观察，还是可以看出蛛丝马迹的。例如，喜欢说谎的男人很怕你追问他的过去，总是含糊其辞。他也没有什么“过去的”朋友，如果被问到故人，不是说那人“出国了”，就是对方骗了他一笔钱跑了。还有的人“经历”丰富，却在每个地方工作都干不到一年，这种男人都很可疑。

在结婚前一定要调查清楚，不要不好意思。也不要以为你的调查行动可能造成误会：万一让男友知道了，他会不会认为我不信任他？

就算是造成误会，也比结婚后再后悔强。

查清未来老公的工作单位、学历、年薪、曾经供职的公司、银行账户的基本情况，还要查清有没有欠款、有没有婚史（甚至跟前妻所生的孩子），这些都是应该在婚前调查清楚的最基本情况。

婚前做足了功课，婚后才能睡得安稳。

3. 爱情合伙人

不要别别扭扭一辈子。明明心里不喜欢，嘴上却不说，容易转变成对其他事物的不满，甚至发展到看对方什么都不顺眼，日子会过得比较煎熬。

结婚前，有一个问题你必须考虑周到，那就是你未来老公的职业。虽然那只是他的职业，但婚后却会伴随你一生，所以你要慎重选择。

银行男收入较高，但可能刻板无趣；空军飞行员阳刚气十足，但可能有一定危险性；医生受人尊敬，收入也较高，但夜班频繁，回家所谈均为“某某病情恶化”之类令人紧张的话题，容易让人把吃到嘴里一半的米饭都呕出来……

嫁给一个男人，其实也等于嫁给了某种职业。导演的妻子也会整日以电影为伍，作家的妻子自然而然就要生活在书堆里……如果对方的职业是你不喜欢的，你一定要慎重考虑。

梅小姐嫁给了一个收入颇丰的剧作家。一开始她对作家这种职业并不了解，以为他们也像一般人那样早出晚归、上班工作，然后月底领工资，后来才发现，完全不是那么回事儿。

剧作家时常会在深夜写作，凌晨才睡。梅小姐是个喜欢早睡早起的人，两人的时间差让她头痛不已。她理想的婚姻生活是两人出双入对、每晚看完电视、一起上床睡觉。这位剧作家虽然挣钱多，但跟他在一起就像生活在地球的另一端，跟梅小姐有“时差”。他忙起来的时候，两人一天竟然说不上几句话，连吃饭也凑不到一块儿，让梅小姐觉得结婚的乐趣很少。

如果梅小姐能在结婚前了解一下对方职业的性质以及他的生活方式，可能就不会轻易嫁给这位作家。作家的收入虽然很高，但他把全部心思都放在他感兴趣的工作上，对身边的一切有些“漠然”。他可能不是故意冷淡这位梅小姐，只不过他对自己的工作过于专心，忽略了其他。

换成一个对作家这种职业有所了解的女人，说不定会跟这位剧作家过得非常幸福。像这种在业内已有一定声望的作家，永远不会失业，本事掌握在自己手里，身体好的话，甚至可以写到八九十岁。

热爱对方的职业，对男人来说是一件很重要的事。对大多数男人来说，职业生涯将伴随他很长时间。男人生命的青壮年时间都是在“职业生涯”中度过的，如果他的女人喜欢他的职业并引以为豪，情不自禁地经常夸赞，他就会觉得生活特别有意思，对自己的职业也会更加喜爱，倾注更多的时间和热情，取得的成就也会相对高些。

女人在嫁人之前，一定要对对方的职业有所考量，如果对方是肛肠科的大夫，而你实在不喜欢，就要慎重考虑，不要别别扭扭一辈子。明明心里不喜欢，嘴上却不说，容易转变成对其他事物的不满，甚至发展到看对方什么都不顺眼，日子会过得比较煎熬。

慎重考虑对方的职业，然后再谈婚论嫁。

我做情感节目，看到不少婚姻案例，男人对金钱的态度，决定了这个家的“政治空气”。有的家庭气氛紧张，说穿了是因为男人对钱的态度紧张。家庭气氛不好，日子过得自然也不会舒畅。

小娟姑娘通过朋友介绍认识了一个做生意的男友，一开始两人感觉还可以，平时各忙各的，周末约会一起共进烛光晚餐，有点浪漫氛围，小娟比较喜欢。

在一个周末，他们的关系有了进一步发展。看完一场浪漫的爱情电影后，男友提出要到附近一家酒店房间休息一下。小娟心里很清楚这种“休息”意味着什么。她说，今天晚上我还有事，以后再说吧。男友也不勉强，开车把她送回了家。

两人关系依然发展得很好。男友没有因为她的一次拒绝而责怪她，反而对她比以前更好了。终于有一天，两人发生了关系，顺理成章地准备结婚。

这时，问题来了。男友说：“小娟，咱们结婚以后呢，你自己挣的钱就用来零花，我也不给你钱了，家我来养。”

小娟听后很不高兴，我自己挣钱自己花，那我还结婚干什么？男友这样说，分明是婚后不让我管账。小娟是个喜欢结婚后大权在握的人，经过再三考虑，她还是决定跟男友分手。

男人对于金钱的态度，会让许多女人望而生畏。他们认为自己辛苦打拼挣来的钱，绝不能让女人拿走。因此他们防贼似的防着女人，从结婚起，就跟妻子分得清清楚楚：你的是你的，我的是我的，井水不犯河水。

这种态度，有的女人能接受，有的则不能。虽说目前有不少中国家庭已接受婚内 AA 制，夫妻二人各存各的钱，连买卫生纸的钱都得平摊，但大部分人仍然比较传统，认为既然是一家人，事事分得那么清楚，还是会影响感情的。

我不赞成婚后夫妻二人各存各的钱。这就跟婚后分床而居、分餐而食一样，表面上看，形式感很“洋”，其实是婚姻生活的“毒瘤”。分账就意味着随时可以分开，分床意味着两人已经过腻味、可以“各过各的”了，都是不好的兆头。

如果对方一开始就要求分账，这种男人不要也罢。

家，过的是日子；而过日子，过的是一种感觉。我们又不是银行分理处，干吗一是一、二是二，每笔账都得写得清清楚楚？我愿意过那种迷迷糊糊的日子，天天让我算账，多无趣！

钱够花就行，算得太精，影响感情。

每个想要结婚的女人必须清楚，你不是和钱结婚，不是和房子结婚，而是跟眼前这个身强力壮的男人结婚。在结婚前，你们最好了解彼此的身体，包括对方的性能力，你都应该了如指掌。

小美跟男友已经交往了将近两年，但最近决定分手，原因是她男友在“那方面”并不像她想象得那么好。小美一直渴望结婚后有完美的性生活，而她跟男友的两次，男友都是“状态不好”，让她非常失望。

有不少女性像小美这样，虽然性格方面跟男友还算合得来，但上床后感觉到男友力不从心。出现这样的问题，不要责怪对方，因为责怪不能解决问题，平静分手就好。

有许多婚姻，不是过着过着对方变了，而是从一开始基础就没打好。其实，人是很难改变的，结婚前一两年固定下来的“模式”，一般都会延续一生。如果你们25岁结婚，感觉对方就永远是二十多岁，因为你俩相处的“模式”已定格下来，包括亲密的小名、两人之间的“暗语”，这些，都不会因时间而改变。

4. 如诗如是的爱恋

找男友不是找事业上的合作伙伴，人越实在，将来才会生活得越幸福。

A 小姐和蔡先生恋爱七年后结婚，婚后三个月，蔡先生提出离婚。他俩的关系从表面上看是出现了所谓的“第三者”B 小姐，但我认为主要原因是 A 小姐并不懂得结婚和谈恋爱不同。她满脑子都是“浪漫”想法，说什么先过“二人世界”，35 岁之后再要孩子。结果让 B 小姐抢了先，在一次“外遇”中，B 小姐迅速怀上蔡先生的孩子，并以此为条件，要求蔡先生跟老婆离婚，跟自己结婚。

要过“二人世界”的想法本身是没有错的，错就错在 A 小姐搞不清状况，以为结婚以后仍要过风花雪月的“浪漫”生活，男人仍要像接力赛跑一样追自己。

那些灌输无限浪漫思想的文艺腔调的书，像琼瑶小说，对真实的爱情生活是没有帮助的。它们过于浪漫，云里雾里的，让人不看还好，看了更犯晕。女人在结婚前一定要做好自己的角色定位：婚后自己就是妻子了，千万别再扮“校花”状，翘着兰花指，指挥着丈夫做这做那。

结婚从一张大床开始。以前各自住在父母家里，结婚后两人就要搬到一起住。说实在的，结婚并不像某些人说的那样可怕，仅就可以随心所欲做爱这一点，不结婚的男女是完全做不到的——是的，恋爱中也可以发生身体接触，但那是不一样的。谈恋爱时总有慌慌张张、不自然的感觉，又担心被双方父母发现，所以做得总是不那么痛快。而结婚后就完全放开了，想什么时候亲热一下，就亲热好了。时间长一点，发出动静、声响都没关系，因为那是你俩独立的空间，合理合法，没有谁敢来打扰你们。

有人并不在乎结婚前三个月夫妻间真正重要的“床上关系”，而是把心思花在别的地方。有的人遵照父母之命大摆酒席，有人热衷于没完没了地装修新房，元气大伤……

我认为，结婚前三个月，最重要的还是调整两个人的关系。结婚后，性爱变得光明正大，两人亲热的次数也在逐日增加。没人再写情诗，没人再想有事没事泡在小饭馆里，刚结婚的新人都想跟亲爱的好好亲热，躲避亲朋好友，谁都不想见，“我的眼里只有你”。

女人要利用刚结婚前三个月，让丈夫爱上这个家。我在做情感节目时，遇到过一个事例：菲小姐和胡小姐是同事，结婚时间差不多。菲小姐长得比较漂亮，周围人都以为她比较容易得到丈夫的宠爱，过上像公主一样无忧无虑的生活。结果恰恰相反，菲小姐过得很不幸，结婚才半年丈夫就想跟她离婚，并且有了别的“相好的”。

一般遇到这种情况，别人会大骂“第三者”，而菲小姐也在节目中哭诉，说“第三者”勾引了她老公。细问才知，是菲小姐自己把丈夫推向了别人的怀抱。

为什么呢？

结婚前三个月，菲小姐以身体不好、装修太累、正在减肥等诸多理由，多次拒绝新婚丈夫跟她在床上恩爱。问其深层原因，她说：“我还没准备好……怕一‘那个’就怀孕。”

原来，她在16岁的时候，对她管束较严的母亲就曾“吓唬”过她，说男人是不能碰的，稍微一“那个”就会怀孕。这给她留下了很深的心理阴影，以至于在结婚以后，仍觉得做爱是一件“不好”的事情。而菲小姐的丈夫又是一个身体强壮、性欲极强的男子，他觉得像菲小姐这样的女人就不该结婚，外表好看有什么用？根本就不知道如何做男人的妻子。

《性心理学》一书中，有多个章节强调一个道理，那就是某个人性欲强，是他身体健康的一种标志。菲小姐应该庆幸，自己找到了一个非常健康的丈夫，而不应一味地讨厌夫妻间的床笫之欢。

跟菲小姐同时结婚的胡小姐却出人意料地过得很幸福，老公对她照顾得无微不至，有一回同学聚会，她老公跟了去，拍照的时候，老公一个劲儿地帮她整理额前的刘海儿，羡煞旁人。

为什么一个幸福、一个不幸福？论姿色，菲小姐比胡小姐还要略胜一筹。原来，男人喜欢的不仅仅是女人艳丽的外表，他们在内心中更加看重婚姻的实质——可以随心所欲地做爱，不被任何人打扰和指责。

胡小姐就是抓住了结婚前三个月的“试用期”，跟新婚的丈夫好好“磨合”了三个月。在这三个月期间，最好不要安排其他事情，要让对方充分享受到身体的乐趣。一个人在惊吓、紧张、慌乱的情形下，是无法体会到性爱之美的。胡小姐营造了一个轻松美妙的氛围，从第一次跟丈夫做爱起，就让新婚丈夫有“依依不舍”的感觉，对她黏黏糊糊，一到晚上就想早点睡，而不是守在电视机前看枯燥无味的足球赛。

男人对女人的身体有强烈的依赖性，他们并不像人们常说的那样“喜新厌旧”，身体通常有自己的习惯性和依赖性，一日“调试”成功，就会极为依恋自己的老婆，那种熟悉的肉体的馨香、女人熟悉的味道和声音、手和肢体相互熟悉的感应，都会存储到男人的记忆库之中，随时调取，使他依偎在老婆大人身边。

前三个月“试用期”磨合得好，今后的婚姻生活就如大山上的索道溜车，依靠惯性就能走得又顺又远。

我的一位作家朋友，是圈内名媛，30 岁结婚，31 岁就离了婚。问她为什么？她耸耸肩说，那人太俗气。

据说，她先生在陪她听歌剧的时候，突然想起冰箱里的肉馅还没解冻，这一细节让这位高雅的女作家异常震怒，打定主意要跟先生离婚。

“为什么会想起肉馅？”事后我们聊起此事时，我问她。

“因为我们家第二天要做韭菜盒子，肉要提前一天腌制才入味。”她回答。

“韭菜盒子？谁做呀？”

“当然是他做。”

这样富有生活情趣的好老公到哪儿找去？从婚姻的经验来说，我宁可选择一个会做饭、爱生活、能跟我分担家务的男士，而不要一个只会听歌剧、谈诗歌的高雅男。

会做韭菜盒子的男士，一定对生活充满了兴趣。除工作外还喜欢下厨房的男子是“稀有品种”，一旦遇到绝不要放过。“圈内名媛”把找对象当成了找一起去听歌剧的伴侣，这就大错特错了。想想看，人这一生能听几次歌剧？跟吃饭睡觉的次数比起来，那个数据几乎可以忽略不计。

找男友不是找事业上的合作伙伴，人越实在，将来才会生活得越幸福。

在日常生活中，除写作之外，把一个漂亮的家收拾得窗明几净、一尘不染，是我很乐意做的事情之一。许多影视明星也喜欢在家里干家务活。范冰冰就曾经说过，她一个人在家的时候，喜欢拖地。她有时看到电视里有关自己的报道，不愿直视电视机，就跑来跑去地拖拖地，缓解一下情绪。

我相信她说的是真话。我也害怕在电视里看到接受采访时的自己，生怕自己说得不够好。我做过许多期情感节目，每回录的时候挺来劲儿，播的时候却不敢看，总要在客厅里一会儿拖地、一会儿整理茶几，分散一下注意力，才不至于那么尴尬。

我先生的母亲，也就是我的婆婆大人，算来今年已有85岁了。经济条件很好的她，住在风景如画的杭州。我们住在北京，想照顾她，却鞭长莫及。我们希望她请一个专做家务的保姆或钟点工，毕竟年纪大了。可她偏不肯，家务事样样亲力亲为。她有她自己的健康观，她说："手脚好好的，我自己能干，为什么要请钟点工？"

她是健康乐观的女人，照顾全家人起居饮食，炒菜做饭、打扫卫生、整理房间，样样都自己干。生命在于运动，为喜欢的家人做事，这"运动"中又多一层意义。说实在的，在许多爱家的女人眼里，打高尔夫还不如在家搞搞家务，把地板擦得锃亮，窗明几净。丈夫回来心情就不一样，他能感受到你用心打理这个家，把心思全都用在了家里。

许多女人在单身的时候并不热衷于打扫，能凑合就凑合，宁可睡懒觉，也不肯起来整理一下房间。结婚后，又满心希望老公爱打扫。希望破灭之后，就破罐破摔，搞得家里到处落满灰尘，这里那里都堆满了生活垃圾。

有人说：干吗非要亲自打扫？我有的是钱，一切家务劳动统统外包出去得了。

是啊，是可以外包出去。不单单家务可以外包给保姆去做，还有别的事也可以，比如生了孩子也可以一指不染地交给保姆带。

再有钱的话，还可以请两三个甚至一个加强连的保姆来带孩子。问题是，保姆不能代替你生活，有些事，必须亲自做，才能从中获得乐趣。

怕麻烦的话，结婚干吗？一个人整天吃食堂，连碗都不用刷，简单极了。女人在选择结婚那一刻起，就要选择做一个勤快的人。多动动没什么不好，还不用到操场上去跑圈了呢，关键是要养成习惯。

丁先生是出版社的首席编辑，结婚五年，目前面临家庭解体。问其原因，只说一句“她太懒”。

我们是老朋友了，一直有图书出版方面的合作。他时常打电话跟我聊聊，请我吃饭、喝咖啡。我知道他是想约我的新书稿，我们也很少谈私事，可他最近老想约我谈谈“个人问题”。

我们在一家韩式餐馆见了面，一见面，他就开门见山地说：“赵凝，我跟你说，我要离婚了。”我这个“情感专家”当然要劝。我说：“不至于吧？她不就是懒点儿吗？不爱干家务，你干不就得了？”

他说：“这不是谁干活儿的问题。我妻子这个人，她的人生观有问题，你到我家去看一下，就全明白了。”

“你老婆不在家？”

“去云南旅游了。”

吃完饭，我怀着好奇心跟丁编辑上他家看了一眼。这一看，我真是见识了：世界上居然有如此“脏乱差”的家。一踏进他家，就觉得无处下脚。他家门厅里随意堆放着几只大纸箱，箱子里装的是橘子、苹果之类的水果，无人问津。

“不好意思，”丁编辑踮着脚、侧着身子挤进房间，“家里太乱了，要不是多年的老友，都不好意思带你来看。”

我脱掉高跟鞋放在门口，想找一双干净的拖鞋来穿。可抽开鞋柜一看，里面布满了可怕的灰尘。我是一个爱打扫的人，当即真想卷起袖子大干一场，被好心的丁先生拦住了：“你收拾不完的，这家实在太脏了！”

果然，再往里走，里面的景象更是离谱，镜子上挂着一只肉色胸罩，电子钟平躺在地板上，餐桌上放着一只高跟鞋……家里到处扔着装零食的塑料袋、方便面袋，皮沙发上扔着不知是洗过还是没洗的衣服。

“看到了吧？”丁先生说，“今天还算好的，有时更乱。”

我不想再多说什么了，只说了句：“你们离婚吧。”

两个月之后，果然听到了他离婚的消息。据说那女的还觉得自己挺无辜，她说我又没外遇，又没做什么对不起老丁的事，他凭什么要跟我离婚呀？

那个女人到最后也没弄明白，男人是不愿意跟一个“懒妻”过日子的（大部分的男人都是一样）。那些“亲爱的，结婚后我什么也不让你干”的婚前誓言全都是骗人的，哪个女人要是把那些没用的海誓山盟当真，那才是真正的傻瓜。

做家务就是室内运动，只要养成习惯，并不是什么大负担，说着、玩着、看着电视，就把桌子擦了、地拖了。坐在干干净净的房间里，空调吹来阵阵凉风，他搂着你看电视，你可以时不时亲吻一下他的脸颊，这就是婚姻的最高境界吧！

5. 若爱，便要风情万种

结婚过日子，不能想当然。去掉“我以为你喜欢”的想法，好好摸清他的脾气，知道他喜欢什么、不喜欢什么，把自己变成他喜欢的那种类型的女人。

从外面录完节目回来，我坐在书房里休息，随手打开电脑，看到这样的文章标题：《女子初夜开放，吓坏男友》。扫了眼文章的内容，大意是讲一个处男遇见一个非处女，男子心里觉得亏得慌。

抛开这篇文章的内容，让我们从女性的角度来说说这事。男人的“处女情结”从古至今一直都有，虽然男人可以在结婚前谈一个又一个女朋友，但是结婚的时候，大部分男人希望对方是个处女。

这就很奇怪了。就上床这件事而言，有一个男的，就必有一个女的，男女的比例应该是对等的，为什么男人总是要求女人是“第一次”呢？虽然这事不那么公平，但我认为作为生活在传统观念颇深的国家里的女子，还应讲究一下策略和方法，把新郎官哄好为上上策。

婚后要做小女人。不管新娘是不是处女，新婚之夜，女方都应表现得温柔纯洁、含蓄一些。当老公问你“以前有没有过”的时候，最好含糊其辞，撒个小娇、柔美一下都可以，千万不要把你的过去和盘托出。如果是那样的话，一点点小事都会被无限放大。

我一个朋友小C是个美女，她男友很自然地认为小C一定有很多人追。

“不定跟多少个男的发生过关系呢！”有一回，他喝醉后把我拉到一旁，说出这样的话。这就是所谓的酒后吐真言啊！事后我劝小C跟他分手，小C后来嫁了个外科医生。这个外科医生对小C很信任，在新婚之夜两人含糊其辞，谁也没过多追问对方过去的事。

婚后他们过得很幸福，而小C的前男友因怀疑妻子对自己不忠，已经离过两次婚了。

“幸亏没有嫁给前面那一位呀！”有天我们一起喝酒时，小C深有感触地说。

新婚初夜要多夸夸你丈夫。“好男人是夸出来的”，我对这句话深信不疑。有些女人总是不改小家子气，以为对男人就得“狠”，所以，在生活中，你会看到有一类妻子总是以责骂的口气说自己的丈夫。

比如说，她们动不动就喜欢贬低自己的丈夫，即使是走在大街上，也爱说类似的话：“你瞧人家的老公出手多阔绰，一出手，就给她买了五六条新裙子，你呢？连一件也舍不得给我买！”

她可能原本只是想刺激一下老公，可她老公偏偏不吃这一套，越发抠门起来，一年之内不给她任何零花钱，也没有给她添一件新裙子、新首饰。

其实，丈夫不是靠埋怨就能被“改造”好的，“好男人是夸出来的”。特别是新婚之夜，如果跟老公是第一次有身体接触，女方更加不可性急，要善意地鼓励他，配合他顺利走出这生命的“第一步”。

对于女人来说，不管你是不是处女，在新婚之夜，从态度上来讲，都不能“太老练”，适当“羞涩”还是必要的。在男人的传统观念里，女人性经验越少越纯洁。一个纯洁的女孩在男人面前做出放荡的姿态，也会给男人留下不良印象，日后回忆起来，总会疑神疑鬼。

心理上的东西十分微妙，一旦形成，就很难改变。我们何不从“印象”入手，把新婚之夜搞得如诗如画，在夫妻俩的记忆里留下一张美好的底片呢？

我有一个做电视编导的朋友小彩，结婚才一年就跟我说，跟老公已经没话说了。“该说的话，似乎都已经说完了。现在我俩每天下班，各自抱着一台笔记本电脑，宁可跟网上的朋友聊天，也不愿意理他。”

“为什么不理？”

“没话说。”

“他喜欢什么？”

“足球。”她说，“而且一看中国足球就生气。”

“那你们刚认识的时候，聊什么？”

“那时候话还是比较多的。他喜欢聊他专业上的事，他是搞计算机搜索引擎的，告诉我一些专业知识，甚至还教我编过程序。那时候我还挺崇拜他的，感觉他懂得特别多。可后来我才知道，除了专业上的事，他一般没话，埋头编程序，上班下班都工作。”

“这样沉迷于工作的男人，很容易成功。”我说。

“他嘛……挣钱倒是不少，可我俩在一起没话说，要那么多钱干吗呢？再说我自己是电视编导，挣钱也不少呀！”

看来，钱不是解决夫妻关系的法宝。没钱当然不行，但有钱也不一定能解决全部问题。不喜欢说话的男人，大都是对自己的专业非常专注的人。

小彩的丈夫不是坏人，但他俩一个学电视、一个学编程，两人的差距颇大，共同语言确实是少了点。另外他俩也是一开始的基础没打好，结了婚又各忙各的，没有找到一个“话语区”。

结婚后，夫妻俩要想保持性爱和谐，女人一定要保持“小女人”姿态，千万不可太强势。试想，谁愿意跟一个飞扬跋扈的女人做爱呢？

我并不同意“床头吵架床尾和”那句俗语，白天吵得脸红脖子粗，晚上哪还有情绪亲热？人又不是机器，总得酝酿情绪吧？

男人总希望女人是个小可爱，是柔美的、听话的、乖的，谁也不愿意亲近一个性情暴躁、说话粗声大气、穿戴不美的女人。女人无论婚前婚后，都不应放弃打扮，“外包装”很重要，男人很吃这一套。

说到女人的美，这里还要提醒各位一句：美是各种各样的，有妖艳的美、有清纯的美、有充满知性色彩的美，也有洋娃娃般的甜美。女人先要摸清男人喜欢哪一类，再投其所好，把最好的一面展示给他。

我认识的一个男人，最不喜欢女人烫发，有一天，他女朋友烫了一头卷发回家。一进家门，男人的脸色就变了，让她立刻去把头发拉直了。为这事，两人闹了别扭，女朋友委屈地说：“我以为你喜欢……”

结婚过日子，不能想当然。去掉“我以为你喜欢”的想法，好好摸清他的脾气，知道他喜欢什么、不喜欢什么，把自己变成他喜欢的那种类型的女人。

为爱的人做一点改变，有什么不可以？

6. 家庭不是竞技场

工作太忙的女人的通病，就是不太在乎自己丈夫的感受。她们眼睛里只盯着钱，脑子里永远装着工作。她们把家想象成“当然的家”，好像家是一个永远不变的岛屿，不需要做任何功课、不需要花任何心思，家就能好好地存在在那儿。

小 D 女士从一开始工作，就比她男朋友 Y 挣得多。他俩结婚后，依然保持“女强男弱”的势头。女的比男的挣得工资多一倍还要多，但他俩的关系却始终保持得很好。

我问小 D 秘诀是什么，小 D 微笑着告诉我，一个字——“夸”。好老公是夸出来的。小 D 的观点我很赞同。现在生活富裕了，大部分城市家庭都不缺少存款，但家庭和谐却不是每对男女都能得到的。有的女人逞能逞得太厉害，动不动就说男的是“窝囊废”。

小D则不是这样。

小D的丈夫虽然挣钱比她少，但家务活大包大揽，会杀活鱼、会包饺子、会清洗地毯，男人女人的活儿他都会干。小D逢人便夸：“我老公可能干啦！”

现在，两个人生下一个可爱的女儿，生活幸福，从不红脸吵架。

试想一下，在他们的家庭里，如果女方是个“挣点钱就不知道自己姓什么的女人”，那家庭气氛能好得了吗？她自以为能干、挣得多，整天骂骂咧咧，看男人这也不顺眼、那也不顺眼，说话的口气都是冷冰冰的，要不就冷嘲热讽，夸单位里的老李、隔壁家的老王、开宝马的张三、开奔驰的李四，就是不夸自己的丈夫。

“你瞧瞧你那窝囊样儿！”她动不动就把这句话抬出来，讽刺打击自己的丈夫。她喜欢说别人挣钱有多少，喜欢说谁谁又提了副处长、谁谁的儿子炒股票挣了大钱……反正说的都是不利于团结的话。

这样的女人还真不少。她们唯恐天下不乱，一回到家就要“鞭策”自己的丈夫，就好像不说两句泼冷水的话，她的丈夫就会退步似的。

其实，男人绝对不会因为你骂他两句就“洗面革新”，从一个懒人变成一个勤快人。恰恰相反，你越骂他，他越跟你反着做，因为他气不顺，他本能地就要“捣蛋”给你看。这就形成了一个恶性循环，男人越来越不争气，女人越来越爱骂人。

这样对谁都没好处。一个家庭如果遇到“女强男弱”这种情况，不如正视现实，钱够花就好，家庭团结最重要。

说到“怕老婆”，有些女人就当真。戏剧中、舞台上，特别是在说相声的人口中，“怕老婆”是一个滚来滚去、寻开心的词。是的，生活中是有一部分男人，把在外面赚来的每一分钱，全都要如数上交，家中老婆管账。

我看之前北京电视台播放的连续剧《岁月》，非常喜欢胡军的表演，他在剧中扮演的那个梁致远，准确、到位，太有男人味了！这样一个大男人，竟也在接受采访时称：“我在家中的地位？我排第三啊。拍戏所得全部上交，老婆管账！”

越是自信的男人，越喜欢说自己“怕老婆”。现实中情况是：并不一定每个家庭都是妻子管账，也有丈夫管账的。成立一个家庭，就像成立了一个合作社，角色分配是自然形成的。

美美和大伟是一对年轻小夫妻。美美是做设计的，收入高，却不是很稳定，有时候，一笔收入来了，差不多等于普通人一年的年薪；而她的丈夫大伟是个上班族，工资不高也不低，但他善于理财，美美的每一笔收入全都如数上交。

美美说，我这个人喜欢冲动购物，一看到喜欢的东西，就忍不住要买下来。我丈夫说我“手松”，他是一个“手紧”的人。所以，在我们家，我丈夫管账，我负责挣钱，有需要花销的地方就问丈夫要。几年来，我家的收支情况一直很好，这跟大伟会理财这一特点是分不开的。

生活中，没有哪个男的真正怕老婆，妻子管钱是因为她比较适合。丈夫管钱也不是为了在家庭中“有地位”，而是他善于理财，存钱是一把好手，这样，老婆把钱交给他才放心。

快乐在某些时候，与金钱无关。

“只有内心空虚的人，才会整天想到钱。”人的内心是一个奇怪的东西，用什么才能填满它？谁也说不清楚。但有追求的人起码会心胸开阔，放弃一些东西。

每个人只有活在自己喜欢的世界里才会快乐，要不然你总是看这个不顺眼，看那个不顺眼，总觉得世界欠你的。而你来到这个世界上，要多想想你为这个世界创造了什么、留下了什么。农民辛勤耕作、作家笔耕不辍，都会为这个世界创造并留下些什么。

金小姐在外企工作，平时工作很忙。她的先生 H 在部队，经常出差。两人忙起来，一个月见不上一面。婚姻专家提醒金小姐，如果长此下去，你们的婚姻可能会亮起红灯。

金小姐不信。她在大城市好不容易扎下根，有一份挣钱多又体面的好工作，不能掉以轻心，要拼命努力才行。结婚前三年，她几乎是不管不顾地努力工作，上班下班全都带着电脑，随时处理工作上的事。

丈夫偶尔在家里跟她遇见，她也没话，只是说："你先睡吧，我还得忙一会儿。"

她不知道她在电脑边忙碌的时候，丈夫就站在她身后，盯着她的背影，看了好一会儿。

工作太忙的女人的通病，就是不太在乎自己丈夫的感受。她们眼睛里只盯着钱，脑子里永远装着工作。她们把家想象成"当然的家"，好像家是一个永远不变的岛屿，不需要做任何功课、不需要花任何心思，家就能好好地存在在那儿。

其实呢，当然不是那样，家绝不仅仅是一幢大房子那样简单。

结婚三年后的某天，金小姐正在家里兴高采烈地数钞票，丈夫突然表情严肃跟她说："我想跟你谈谈。""谈什么？"她一脸无所谓的表情。丈夫说："当然是离婚的事。"

金小姐的丈夫说，咱俩结婚后聚少离多，你忙你的事业，我干我的工作，互不打扰。不如我们分开过吧，反正家也不像个家。

金小姐听了丈夫的话，心里非常难受。“反正家也不像个家”，这句话对她的刺激尤其大，她开始反省自己的行为。每天早上 9 点钟开车出门，工作一天，晚上还常常有应酬，夜里 12 点才回家是常有的事，还对丈夫不管不问。有一回，丈夫的衣服脏了，堆在洗衣机旁边的筐里，满满的，把盖都顶起来了，金小姐看见了不仅没有开动洗衣机，反而把丈夫训了一顿。

挣钱、顾家，哪个更重要?

金小姐认真考虑了一个星期，最后决定选择后者。

现在他们有了一个十个月大的儿子，一家三口幸福地生活在一起。

7. 留份美好给自己

要把小日子过得好，挣钱多的一方就要谦虚低调，说话注意方式方法，不是一家人就可以任意乱说话的。

管束住自己的嘴，是婚姻保鲜的最佳秘诀。

我的一个女朋友巧巧是自己开公司的，她每年挣的钱是丈夫上班工资的三倍还要多。但聪明的巧巧从来不强调这件事，反而在不经意间（比如说在哄五岁的女儿玩的时候）总是强调爸爸工作的重要性。这让丈夫觉得，妻子非常尊重他的工作。

妻子挣钱多，本来是好事，可有的女人却能把好事变成坏事。

黄静是一所民办外语补习学校的校长。在创办这所学校的初期，丈夫帮她到处筹钱、费尽心机。后来，学校办起来，生意越来越好，而黄静跟她丈夫却要离婚了。

原来，随着钱越挣越多，黄静的脾气也见长。她看什么都不顺眼，经常训斥丈夫和孩子。她把家里人都当成了部下和员工，想训就训、想骂就骂，还经常话里话外透出丈夫“没本事”“不会挣大钱”的意思，搞得丈夫很狼狈，在亲戚朋友面前抬不起头来。

黄静的丈夫原本是一个忍辱负重的人，从来不爱跟人计较什么。可是有一件事，终于让他忍不住，全面爆发出来。

在黄静他们公司的岁末迎新酒会上有很多人，公司的高层都在，当着这些人的面，黄静说了她一生中最不该说的一句话，导致他们婚姻破裂。

也许是红酒喝多了，她在酒桌上说了这样一句话：“他吗？他那个班呀可上可不上，挣那点钱还不够打酱油的。”

这话深深地伤害了坐在一旁的丈夫。本来这种场合丈夫就不想出席，心里就挺别扭的。这样的一句话成了导火索，丈夫当场并没有掀翻酒桌或者做出什么过激的举动，但两人默默开车回到家后，丈夫就很严肃地提出了离婚。

一句话，牵出一桩离婚案，根源都在于妻子对丈夫不尊重。在一个家庭中，如果有一方把钱看得太重，那么这个家会过得不安逸，总在动荡之中。

要把小日子过得好，挣钱多的一方就要谦虚低调，说话注意方式方法，不是一家人就可以任意乱说话的。

管束住自己的嘴，是婚姻保鲜的最佳秘诀。

8. 爱的隐语

> 每一对夫妻都有那种“爱的时刻”，需要跟对方亲热一下，但对方还在忙着，或者根本没意识到你俩已有两三天没做爱了。人忙起来，有些事就会忘记。

看了太多关于婚内男女没有激情的例子，其实，这种说法对普通读者来说是一种误导。我相信大多数人的美好性爱都是在婚内发生的。只是因为普通的夫妻生活没有太多曲折，一般小说和文艺作品都不会涉及。这就给人一种误导，认为婚内都是亲情，只有婚外恋才是浪漫激情。

这种说法是错误的。不应该只在婚外找浪漫，重点应该放在家中，把婚姻经营好，这才是长久之计。

打造婚姻乐园有许多技巧，可以首先从环境布置入手。

妻子要特别注意观察丈夫的喜好。我的朋友小柯跟我说过这样一件事，正好说明了环境对性爱的重要性。

小柯和她丈夫平夫都是媒体人，平时生活节奏很快，工作非常忙碌。有时赶完稿子已经很晚了，小柯和丈夫想要亲热一下，结果又有电话打进来，跟丈夫聊工作上的事。

这样一来二去，两人都不想亲热了。

一次偶然机会，我们在一家五星级大酒店里开会，需要在酒店住三天。会务组把我和小柯分在一个房间。但每天开完会后，我先生都要开车来接我回家，房间就给小柯腾了出来。

小柯打电话让她丈夫来同住，结果他俩有了意外收获：在酒店里做爱，比在家里更有激情。这就是环境改变造成的。从此以后，小柯和她的先生就成了“到酒店里去开房的合法夫妻”，定期到酒店里去住一住、改变一下环境，两人的感情变得更加亲密了。

没有条件住大酒店的夫妻，也可以采取节俭的办法，把家里的卧室改造一番：换一盏有情趣的小台灯、窗帘换一种迷幻的颜色，音乐方面也可变变花样。

我听说，有的夫妻卧室里放的音乐十年都没有改变过，这也太懒了吧？

做爱和耳朵有很大关系的。我听我朋友紫梦说过一件事，印象深刻。

紫梦是一个很有趣的女孩，她的感情经历很丰富，也很热爱男人。她是写剧本的，事业发展得很好，爱起男人来也像写剧本一样疯狂。

有一天，她驻扎在一个跟电影有关的宾馆里写稿子，男朋友突然来访。紫梦说环境太嘈杂了，让男朋友赶紧走。正说着，就有个小伙子来敲门，要求见导演。

原来，对门就有一个电视剧剧组在办公，小伙子显然是敲错门了。

两个人关上门笑了半天，然后忍不住亲吻起来。据紫梦说，做爱的时候，什么声音都听不见了；停下来之后，又听到对面剧烈的争吵声。再次进入爱的状态，又进入另一番境界，耳边竟然什么声音也没有了。

每个人的耳朵都是性感的。千万不要以为你穿了漂亮性感的睡衣，就可以吊起老公的胃口。还要放他喜欢的音乐，或者跟他说说话，一边说话一边抚摸他。男人最喜欢这样了。

声音温柔也很重要。要好好跟他说话，温柔些，再温柔些。

适度撒娇也是必要的。跟自己的先生没什么不好意思的。男人都喜欢女人撒娇。如果你是一个不会撒娇的女人，老公是不好意思先开口叫你“宝贝”的。

以前，我有个同事常跟我抱怨，说她男朋友从来没叫过她亲昵的称呼，比如说“宝贝”“小可爱”“坏丫头”之类，动不动就叫她“某某同志”。

我说，那是因为你俩的关系太像同事了。一般由同事或同学发展来的爱侣，都应该有一个“进化”阶段。同样，大学或中学同学，“同学”的烙印太深了，如不转变一下思路，很容易一路“同学”下去，关系变得比较硬，没有那种绵绵细雨的气息。

女人一般喜欢绵软一点的称呼，越软越好。男人要掌握这个技巧，对于喜欢的女人，要尽量用爱称。她们嘴上说“讨厌”，其实心里是喜欢的。

每一对夫妻都有那种“爱的时刻”，需要跟对方亲热一下，但对方还在忙着，或者根本没意识到你俩已有两三天没做爱了。人忙起来，有些事就会忘记。

我想，天下不会有一对夫妻没有任何“隐语”，每次想要的时候，就大大咧咧地跟对方说：“喂，咱们干吧！”

这么直接的老公，会让女人笑得肚子痛，反而没了情绪。好夫妻一定要从结婚开始，就发明一套属于你们俩的语言，别人听不懂，或者别人听来平平常常，而你跟他却心领神会，早早结束手头的工作，进浴室痛痛快快洗个澡，在床上等心爱的人到来。

“爱语言”或者说“隐语”有许多种。一般夫妻喜欢说：“今晚咱们亲热一下好吗？”

还有的丈夫爱问：“晚上你洗澡吗？”

这个“洗澡”就是“隐语”。因为正常人一般情况下每天都洗澡，用不着特别提出来予以强调。特别强调的时候，就是“那个”意思。有一天我在朋友家玩，听到他俩说这个“隐语”，我听懂了，会心一笑。

有人说，夫妻间做爱其实是不需要语言的，那是指上床以后。

我认为在那之前的准备活动还是需要一些语言的。特别是做妻子的，不能一声不吭，像个哑巴。

让男人开心的话，最好顺着他的心思说话。在中国这样一个传统观念依然强势的国家，男人从小所受的教育均为：我是一个男人，我要做一家之主。男人要有男子气，可男子气是怎么来的？告诉你吧，男人的男子气是夸出来的。

好好夸夸他，你并不损失什么。男人比女人更需要肯定的话语。他们在家庭生活方面，其实比女人更像个孩子。

男人夸得好，就会像加满油的汽车，动力十足。我见过一些喜欢骂自己丈夫的女人，动不动就说：“你这个没用的！”

可能有的女人，也不是真心想伤害她的夫君，就是喜欢嘴上逞强，可男人却越骂离你越远。

哪个男人也不是数狗熊的。他们需要夸赞，即使是夫妻，也别忘了随时随地表扬他。

9. 所有的深爱都有秘密

家庭生活为什么会变得平淡无趣，就是因为主妇们“只干不说”，不知如何调节气氛，让家变得像个闷葫芦。

G 小姐是一个时尚又前卫的女人，她的工作是做产品外包装设计，她先生是做 IT 软件设计的，两人都挣钱很多，但相对较忙。G 小姐是一个喜欢安静的人，对睡眠环境要求非常高，不允许对方发出一点声音。新婚不久，G 小姐就发现先生是个“鼾豆先生”，睡觉打鼾打得厉害。

于是，结婚三个月之后，他们分床而居，直到离婚，一直没再住到一起。

像 G 小姐这种情况，在现实婚姻中并不少见。婚前对对方的情况缺乏了解，其实没多大好处。现代都市人还是要多熟悉才好在互不了解的情况下匆忙结婚，刚结婚就发现两人不合适又闹着要离婚，不仅自己麻烦，给双方家长也造成很大麻烦。

结婚前最好深入了解对方，这样的话，对方打呼噜之类的毛病你能及早发现，而不是等结婚后两人很快就睡不到一起，感情慢慢变淡。

好夫妻一定要睡一张床，还要天天睡。

在我们中国人的传统观念里，夫妻，一定要睡在一张床上，从结婚一直到死，就这样一直相守在一起，这是有道理的。

我和我先生从结婚到现在，一直睡在同一张床上。他偶然出差不在时，我会觉得大床上空荡荡的，特别想念他。相互的依恋关系就是这样慢慢建立起来的。

千万别学西方人，夫妻婚内分居，我行我素、各过各的，那样对融洽夫妻感情没好处。

还有一个特别有趣的现象：感情好的夫妻，醒来后会发觉，你俩通常是面对面睡的，睡姿朝向决定了他心中是否有你，可能这就是人们常说的“潜意识”吧?

这里，我有一个故事要讲给大家听：

以前我有一个文字助手小花，是一个长相普通但特别聪明的女子。她在我身边工作那段时间，交到一个长相不错的男朋友。她第一次带那男孩来见我，我略感吃惊：小花竟然有这等福气，交到如此帅气英俊的男朋友。

小花介绍说，凝姐，这是我男朋友小胡。

事后小花问我觉得她男朋友长得怎么样，“不错啊，挺好。”我说。

小花在那儿一个劲儿地傻笑。我知道她一直喜欢帅哥，这回找到一个自己满意的，心里肯定是美得不行。

交往一段时间以后，小花的情绪日渐低落，问她什么事，她却不好意思说。

一天，我刚录完节目，小花在录影棚门口等我：“凝姐，有件事……我想跟你谈一下。”

我预感到她跟她男朋友之间一定有什么事了。我们找了一个安静的小馆坐下，喝一种非常清香的台湾茶。

我问她：“你俩怎么啦？”

“凝姐，你怎么知道是他的事？”

“那还用问吗，我是情感专家，这一点事还猜不出来？”

小花说出了事情的原委。原来，男友小胡虽然外表长得英气十足，事实上却是一个“不中用”的男子，“关键时刻总是很软，试了几次都不行，我只好放弃了”。

小花说，她现在才明白，长得这么好看的男子，为什么会落到她手里。他原来已经谈过五六个女朋友，结果一个都没谈成，而且都是吵架吵得挺厉害，原因就是这男的“不行”啊！

小花让我帮她拿主意，该不该因为这个原因跟小胡分手。我点点头。

男人的性能力是婚姻的关键，最好不要找那些性能力不行的男人结婚，因为很容易会害人害己。

有许多争吵不休的夫妻，从表面上看，有这样那样的原因，归根到底，是因为男人的性能力不行，无法满足自己的伴侣。找个性能力强的男人结婚，婚姻的稳定系数就基本在 50% 以上，另 50% 是其他方面的综合实力。

享受性爱要从结婚第一天做起，这是许多女人都懂的道理。但在我们的古老文化里，有一种叫作“犹抱琵琶半遮面”的东西阻碍着女人的思维，她们总觉得，拒绝是一种美，是身份高贵的象征。

B 小姐的丈夫张先生是我的读者，曾经来信咨询过婚姻中的一些隐秘问题。

他说，为什么女方总说“不喜欢”“不想”“我还没准备好呢”？

他说，为什么我想要的时候，她总说“没兴趣”？

他说，作为女人，难道她就不会主动地“想要”一次吗？

他说，我这个老婆，她不会是性冷淡吧？

我跟他谈了一些细节，发现他俩的夫妻生活有个致命的问题，就是妻子在新婚之夜告诉丈夫，说她不太喜欢“那个”“越少越好”。

也许，这位妻子是为了表示她的“冰清玉洁”与“纯洁”，误以为“纯洁”就是没有欲望，在新婚丈夫那儿“装”，结果“装”过了头，让丈夫真的以为这女的是个“石女”，对性方面的事一点也不喜欢。

其实，他的太太是那种外表强硬、内心慢热型女子，只是她的表达方式有误。她说“不想要”“别……”，其实是内心渴望的反义语。但她由于语气过于生硬、态度掌握有失分寸，反映到丈夫那儿，就成了生硬的拒绝。

男人女人在刚结婚的时候，夫妻之间的态度是非常重要的，要为以后的“床上生活”打下坚实基础。如果当时女人内心非常需要，想要表达，虽说要含蓄，但也不能含蓄到相反的意思上，必须准确表达，比如说：“亲爱的，快来！”“我好喜欢你。”

夫妻之间，说这些话并不有失颜面，甚至当你们年龄增长到五六十岁，爱侣间依然要说这些嗲嗲的话。

在网上有一篇文章，大意是说女人如果到了35岁或者年龄再大一些，在丈夫面前还可不可以装嫩撒娇扮公主。一部分网友留言说“孩儿他妈”如果撒娇的话，好像不太好。

我的意见有所不同。

女人一般到25岁或者28岁生孩子，在生完孩子之后依然很年轻，要是从此就不能跟自己的丈夫撒娇了，成天板着脸，那生活岂不是太枯燥了？

女人爱自己的男人，永远可以扮公主，可以穿得很粉嫩（只要自己愿意），可以在家里跟老公嗲嗲地说话。夫妻只要单独在一起，不管到多大年纪，都可以是热恋中的情侣。

热恋中什么话说不出来、什么事做不出来？女人要善于调动夫妻间的甜蜜情绪，让家里永远洋溢浓浓的享乐气氛。谁喜欢一天到晚板着脸的妻子，谁不希望家中的小女人是个尤物、万人迷？跟先生在一起是在享受生活、享受物质、享受性爱，而不是在公司开周一例会，用不着板起一张脸来不撒娇。

大多数男人都喜欢女人撒娇，只是他们不明说罢了。如果说出来，也挺可笑的。比如有一天他忽然说：“喂，你撒个娇给我看！”那不成了喜剧了吗？

有些事情，只可意会不可言传，但女人无论到了哪个年龄段，只要还是妻子，就有权撒娇，而且要掌握撒娇的技巧。

一个家庭的气氛很重要，女人要有本领把气氛调到暖暖的、柔柔的，让男人一回到家，恰似进入温暖的海洋，舒畅、舒心。对这样的女人疼还疼不过来呢，只想爱她，哪里还会大声嚷嚷？

我也不同意所谓的“平淡说”。

有人说夫妻过到一定阶段时，日子就会变得很平淡，是凑合着过。不是每一对夫妻都是平淡的，还可以让小日子越过越甜蜜。

从心理上来说，如果女人甘愿“平淡”，那么生活就真的“平淡”下去了。

这就像女人对于自己身材的要求。女人即使在结婚以后，仍然希望自己保持良好的体形，为此，很多太太是付出努力的。她们选择跳芭蕾、做健美操、跑步、游泳来保持体形，流大汗、出大力。

这些都是好的，既然为保持身材能做出那么大努力，为什么不为家庭保鲜多做一点事情呢？我见过一些勤快的太太，她们买菜、做饭、送孩子上学，打扫卫生，什么事情都亲力亲为、干得热火朝天，唯独对丈夫的态度不知改进，说话凶巴巴的，好像她们干活儿干多了，要找个人撒气似的。

她们认为，反正我是“家庭实力派”，干就是了，说那么多好听的干什么？

家庭生活为什么会变得平淡无趣，就是因为主妇们“只干不说”，不知如何调节气氛，让家变得像个闷葫芦。男人们一般很难解决家庭生活“平淡”的问题，他们辛苦工作、赚钱养家，已经劳心劳力，根本没有力气再搞什么“家庭气氛调节”。

女人应该多想出一些事情来，让全家人一起快乐。周末外出郊游、看画展、逛书店、看电影、钓鱼、带孩子去参加篮球赛，这些最好全家人一起去。

一个家要有凝聚力，有让全家一起高兴的事，生活才不至于平淡。

纯

一生只够爱一个人

从前慢，一生只够爱一个人。爱你，就是和你在一起的时候心不慌，天塌下来都能从容面对；爱你，很了不起；爱你又很平常。

1. 美丽的已婚女子

愿天下有情人好聚好散，并不是希望天下夫妻都离婚。“好聚好散”是指实在过不下去的那些人，对于婚姻原本并无大碍的男女，希望不要折腾、不要这山望着那山高。

有一天，我和一个好友聊天，他说了一个能代表男人普遍想法的意思：他认为女人只有到了少妇阶段，真正的韵味才会展现出来。身为女人，我们并不知道“韵味”这东西到底是个啥样子。女人喜欢穿、喜欢打扮，说穿了，80% 不是为了给男人看，而是为了自己照镜子时看着喜欢。

什么“女为悦己者容”，那是在古代；今天谁还为悦己者容？都是“悦己者”为女人容。男女地位发生了很大变化，女人用不着讨谁喜欢，但有不少女人结婚以后反而比少女时期更招男人喜欢了。

已婚女人为什么仍然吸引男人？因为女人到了三十多岁，生活稳定，皮肤变得光洁白润，头发乌黑发亮；见多识广，语言有味，这些对男人来说自然有说不出的吸引力。

跟你聊天时，有的谈，因为你什么都懂。不像十六七的小姑娘，说点什么她们都似懂非懂，深不是，浅不是。

请你吃饭时，有情趣。你需要跟家里那位打个电话“请假”：“啊，亲爱的，今天我有点事，不回来吃饭了。”

虽然你们之间也没什么，但这有点像“从别人手里抢时间”，那位请你吃饭的男子心中多了一点惴惴不安、一点狂喜，以及一点点说不出的“犯罪感”。

男人喜欢跟已婚女子周旋，还因为不用付半点责任（不一定非发生那件事）。男人都有感情的“空白期”，没有婚姻，也不想谈恋爱，但愿意有个已婚女人周旋着，偶尔打电话出来聊聊、宽宽心，但除了吃饭埋单，好像也无须别的花费。

正因为如此，男人们很热衷于跟已婚女子约会。

那么，已婚女子为什么要赴约呢？

第一，她们大都生活得不错，有大把的时间。有的全职太太不甘心从自己的衣橱里拿了漂亮衣服，穿在身上没人看，有个人约她一起共进晚餐，不管对方人品如何，还是想跟他去见个面。

第二，已婚女子少有人赞美，如果她不工作，听到外面的人对她的评价就更少。除了孩子跟老公，她几乎没有机会再跟什么人深聊。网上骗子太多，如果跟陌生人聊 QQ 的话危险系数太大。所以，大部分已婚女性选择跟现实中认识的男人出去，认为这样比较安全。

第三，一开始她们大都没有想到会出轨，事情都是一步一步慢慢来的，一开始只是吃饭聊天，到后来慢慢有了好感，才会发展成恋情。

爱上别人的老公或者爱上一个素净的、没有婚姻的男人，对女人来说，既新鲜刺激，又有无穷无尽的烦恼。

何单单是给我写信的众多读者中的一个。

她不是全职太太，虽然她在信中说，她先生挣的钱，完全可以让她一辈子都不用工作，但她不满足于在家里当太太。她在一家化妆品公司上班，很快做到业务经理，工作忙碌而充实，老公对她也很不错，两人各自尽情忙碌着，周末一起出去旅游，或到附近郊区去采摘新鲜水果、蔬菜，体验大自然的美好。

他们夫妇俩小日子过得风平浪静的时候，何单单遇到了一个人，把原有的生活全打乱了。

因为工作关系，何单单遇到了公司美国总部派来的杰。杰是单身，美籍华人，中国话说得不太好，工作中有时需要何单单帮助。

一开始挺好的，小何认为自己是名花有主的人，谁都知道自己已经结婚了，杰有时会跟她开些无伤大雅的玩笑，她都没当过真，认为杰是一个美国大男孩，比国内的人要单纯。直到有一天，这个“大男孩”发起了对何单单的追求。

事情是从约请吃饭开始的。

“请吃饭”，在我们生活中看似挺平常的一件事，在一男一女某两个个体中间，有时就显得意味深长。

美国大男孩说：“何小姐，我到公司后你一直帮助我，我想谢谢你，你觉得可不可以？”

他用蹩脚的中文，表达了想邀请何单单吃顿饭。当时何单单也没想那么多，因为生意上的事，请她吃饭谈生意的人也不少，晚上经常有应酬，这些事，她老公早已习惯了。她很痛快地答应了杰的邀请，用手机给老公打电话，说晚上有应酬不回家吃饭了。正好老公当天晚上也有应酬。

何单单说，从单独去赴约那一刻起，她心里就充满了内疚感，虽然她没有料到后来发生的事。她在信中对我说：“其实……那天我完全可以不去赴那场约的。”

那天约会在高级西餐厅，浪漫的气氛自不用说，杰向她表达了爱意，一切都像梦幻一样美。

从此，小女子何单单就过上了“左手情人、右手丈夫”的隐秘生活。她很爱杰，他俩在一起特别浪漫，因为杰很会玩；何单单的丈夫是个稳重得体的男人，相对来说较为“暮气”。两个男人完全不一样，如果用两种水果来形容他俩，那他们一个是香蕉，一个是香橙，形状颜色都不一样，各有各的好。

一开始，何单单因为感觉很新鲜，就频繁接受杰的邀请，跟他出去吃饭、约会，也正好赶上那段时间丈夫很忙，对她的早出晚归并没有感到有什么不正常。

何单单胆子越来越大，直到有一天，她跟杰在一家大酒店约会，进入酒店大堂的时候，正巧遇到在那里接待客户的丈夫。

三个人正好打了个照面，都很尴尬。何单单的老公人很开通，说：“单单，你说这事怎么解决吧？”

“离吧！”单单当时没有退路了，就咬牙说出了“离婚”二字。

如果何单单离婚后重新结婚，从此过着平静的生活，也不需要写信给我了。问题是她跟杰闪电结婚后，才发现杰并不是一个做丈夫的合适人选。

“像他那种男人，只适合制造浪漫，适合做情人。”

后来，杰在中国的工作结束，带着她一起回了美国。何单单在纽约生活了十一个月，非常想念北京、想念原来的家。

“现在我才知道，什么样的人最适合做丈夫……”

在给我写来“求助”信的众多读者中，有很大一部分人都把故事讲给我听，然后问我：“凝姐，我该不该离婚？”

现在社会进步了，离婚并不是一件很困难的事，但我们不能形成这样一个怪圈，因为离婚容易，夫妻俩稍不如意，就立刻想到要离婚。

结婚、离婚不是儿戏，不要像何单单那样轻易地把婚离了跟另一个追求者结婚，结果却发现那个追求者并不是一个居家过日子的好男人。

结婚、离婚，表面上看只是换了个男主人，或者只是女人从一个家门中离开，进到另一个家门里。实际上婚姻并不那么简单，甚至会劳神伤气、大伤身体。

我曾看过一本养生方面的书，我觉得中医理论对婚姻也有用处。中医讲“怒伤肝，喜伤心，忧悲伤肺，思伤脾，惊恐伤肾”，这是说人的七情超过了限度，就会伤及五脏。

一般来说，动不动就发怒、动不动就对婚姻没有信心、觉得自己受了莫大委屈的人，身体肯定不好。爱生气的人肝火旺，爱患得患失，总觉得自己现在状态不好。就像前面提到何单单，明明有一个宽容大度、适合自己的老公，却觉得对方没有情趣；找个有情趣的吧，又觉得对方不会过日子。这么折腾来、折腾去，心力交瘁，对自己身体的损伤虽然当时看不见，但几年之后就会呈现出来。

愿天下有情人好聚好散，并不是希望天下夫妻都离婚。“好聚好散”是指实在过不下去的那些人，对于婚姻原本并无大碍的男女，希望不要折腾、不要这山望着那山高。

外面的诱惑总是存在的，这一点我们必须承认。我常听到一些夫妻说他们从未受过外界的诱惑，我知道他们说了假话。在物质生活相对丰富的今天，人与人之间的关系变得更加多元化，一切变得较为轻松自由。

女人外出的机会增多，有很多的场合展示她们的美。她们都很独立，不像过去的女人那样，婚姻对她们来说是“爱情”也是“饭碗”，如果离婚了，有些女人连生活费都成问题，所以才根本不敢离婚。

女人独立在我看来是好事，也是坏事。独立了可以不要男人，理直气壮自己过。但是女人要是太过“理直气壮”了，腰杆硬得见谁都不服软，那也是挺麻烦的一件事。

无论跟谁过，日子还是要过下去的。换一个老公还是柴米油盐、买车买房装修生孩子，人生的内容大抵如此。女人要想清楚了，离婚不是你摆脱目前困境的最好办法，有些精神方面的困惑不是来自婚姻，而是来自女人自身。一个女人无论跟谁结婚，如果把满脑子的困惑和不开心带进那个家，就会产生新的矛盾和不安，再把另一个男人的生活也搅得鸡犬不宁。

要克服“虚荣心”，对未婚男士的吹捧、赞美甚至追求，都要保持低调作风，把它们当作耳旁风。有时候，有年轻的单身男士追求，感觉确实挺不错。长期的家庭生活使得主妇们变得缺乏自信，她们亟须得到赞美，这也是她们有事没事喜欢跑到商场去买衣服的原因。

那些华丽的衣服穿在身上，无论你是不是年轻漂亮，都立刻会得到这样的赞美：“哇！太漂亮啦！”“显年轻，好像二十岁的年轻女孩！”

女人都有轻微的幻觉，认为自己长得比较年轻，也喜欢别人说自己身材好、漂亮、有气质。这些夸赞的话，从相处多年的老公那里真的很难听到。老公又不是商店里推销衣服的服务员，巧舌如簧，说你身材好，让你高兴，顺手就买下几件衣服。

老公用不着哄你高兴，就算你身材再好、长得再漂亮，在老公嘴里最多也就是“还行吧”。

“想要得到赞美”，是许多年轻女子外遇的一个共同原因。所以，如果有男士在读我这本书的话，也奉劝各位忙忙碌碌、养家糊口的男士多夸夸你的老婆，这是一件事半功倍的事。

不过，说点好听的话让老婆高兴，这种事对某些男士来说，比登天还难。

我曾经做过一档电视节目，组里有一个编导名叫妮可，她给我讲过一段“她朋友”的故事，我估计就是她的亲身经历。

她不愿使用真实姓名，我们就用“小美”代替女主人公的名字，来讲述这段故事。

小美是一名长得美且能力强的电视编导，周围人都喜欢跟她交朋友。她人缘很好，工作作风泼辣，深得领导喜爱，被委以重任。小美的老公在 IT 界工作，挣钱多，为人正派。

原本这一切都很圆满，偏偏在生活风平浪静的时候，小美遇到了一个推荐楼盘的销售人员小 P。

小 P 长得精精瘦瘦，年轻、精力旺盛、能说会道。小 P 一见了小美，就“姐姐”长“姐姐”短的，嘴甜得好像抹了蜜。小 P 谎称“爱上姐姐了”，每天找各种各样的理由要跟小美见面。他好像从来吃不饱似的，见了面就要到茶餐厅让小美给他点东西吃。到后来发展到要钱要物，不断问小美索要钱财，把小美的手表和金项链全都连哄带骗地要走了。

有一天，小美接到一通电话，是小P打来的，说他看中了一款笔记本电脑，让小美给他买。对于这样没完没了的敲诈勒索，小美决定不忍了，她把她跟小P的事跟老公和盘托出。老公并没有责怪她，而是说："这件事你甭管了，我来出面解决。"

后来事情解决了，小美和老公的关系比从前更加甜蜜。

已婚女子一定要提高警惕，保卫自己，看紧钱包，别被男人一两句好话哄晕了头。

上网闲逛时，看到有关张柏芝的一点小事。张柏芝生完第二个小孩之后，立刻返回娱乐圈唱歌，并且还带着大儿子一起演唱，引得娱乐圈一片赞叹之声，称其"高调复出"。

她的那个婆婆——人称"拉姑"，原本我对她并不怎么熟悉，但因她是谢霆锋的妈、张柏芝的婆婆，内地关于她的报道较多。看了她的一些言谈，我觉得她真的是一个明白人。

当记者问她反不反对张柏芝产后重新工作、重返娱乐圈时，拉姑立刻说，当然支持，女人要有自己的事业，否则会被人看不起。

她是很有独立意识的女人。我不太了解她本人的生活，但我对她说的这番话表示敬意。女人在婚后还要不要追求自己的事业？这是很多人都在争论的问题。

有人说，女人婚后当全职太太比较幸福一些，关上家门，与世无争。

网上有一张照片，原本是关于音乐的，但我觉得它同样适用于婚姻：画面上，一个热爱音乐的潮人头戴耳机，表情享受，一看就知道是在全身心地享受音乐带来的乐趣。旁白更有趣“戴上耳机，整个世界与我无关”。

婚姻不也是这么回事吗？如果你无欲无求，不想成名成家，那只要把家门一关、网线一拔，那么，你就清静啦！

如果不看报、不上网、也不听收音机、不看电视，看不到任何时事新闻，对洪水、井喷、泥石流，天灾人祸等突发事件，就基本上无从知晓。

生活在醇香的花蕊中间，眼睛看到的都是美丽的事物，比如随风飘动的白色窗帘，墨迹飘香的书法，颗粒凸起、色彩艳丽的油画，摆放合理的精美家具……总之，眼睛所能看得到的一切，都会让你感觉到舒适、温馨。

这就是结婚以后，关上家门所能见到的一切。

与动荡无关；与颠沛流离、长途跋涉无关；与风雨无关，与雷电无关。夏天有空调，冬天有暖气……

所以，如果你愿意，结婚之后关上门，天气、四季都跟你本人没多大关系。

可以开车，可以不开车，懒的时候你还可以雇个司机。

可以做饭，可以不做饭。在如今这个年月，太太不做饭也不算什么罪过，老公只会说一声“她不太喜欢”而已。

孩子也可以不生，你只需要跟宠爱你的老公撒一撒娇，说一句“老公，咱们‘丁克’好不好嘛？”事情就解决了。

如果这就是你想要的生活，恰好你老公也不反对，那有什么不可以？

2. 学会独处

普通人的内心世界和名人一样丰富，有许多小小的“我”，她们写得非常之好，细腻感人，令人惊叹。

即使结了婚，也要学会一个人独处。丈夫总有事情要忙，也会有偶尔出差的时候。你要学会一种态度，“戴上耳机，整个世界与我无关”。沉浸在一个人的世界里，看看书、听听歌、玩玩游戏，都可以。

许多女人没有听歌的习惯，认为听流行歌曲是孩子们的事。她们忙忙碌碌，难得坐下来安静地享受点什么。在这里，我建议已婚女士有事没事可以听听电台，再有雅兴的话，可以去买台高级音响来，一边喝咖啡一边听音乐，是美妙而又简单易行的事。

你还可以写博客。现代科技发明实在是伟大了，是谁发明了博客这种东西？又有谁会料到，博客会在全世界流行，遍地开花？

我原本以为，世界上只有很少数一部分人喜欢文字，喜欢写作，喜欢把自己的喜怒哀乐用文字的形式记录下来，最近研究陌生人的博客，才发现喜欢写作的人真是不在少数。

我常去回访那些来过我博客的陌生人，大多数都是平常人的私密博客。主人在那里自言自语，别人进去看也无所谓，他们并不介意有人走进他们心房并在里面东张西望，知道他们的一些小秘密。

普通人的内心世界和名人一样丰富，有许多小小的“我”，她们写得非常之好，细腻感人，令人惊叹。

有些人的博客其实也没写什么，有的只写：“老公，我想你，非常想你……”或者是：“今天，是没有你消息的第五天。大伟，你真的不想见我吗？……”

博客就是抒发心声的一块田地。你心里怎么想，就怎么说。我认为写作比写大字对身体要好得多。不少女人觉得结婚后无人诉说心事，你就开个博客，用个假名，咪咪也好，安婕拉也好，随你喜欢。

博客这个地方是很公平的，你可以公开，可以不公开。

你的日子是属于你的，独一无二。

3．真爱靠吸引，而非限制

女人要相信自己的老公，不要轻易怀疑自己的先生有“外遇”。

我有个读者P女士，特别喜欢查看她先生的手机。

她告诉我，她好像是有“心理疾病”，明明知道这样不好，可每当夜深人静，看到老公随手放在桌上的手机，就忍不住要偷偷拿来查看一番。

这样做其实挺痛苦的。鬼鬼祟祟，偷偷摸摸，自己都为自己的行为感到吃惊：为什么要这样做？白天，她是个正直大度的女人，工作风风火火，领导器重，同事关系很好。儿子7岁，已上小学，一大早她自己开车先送孩子去学校，然后再去上班，一点儿也不麻烦老公，为的是让老公多睡会儿，晚点开另一辆车去公司。

这样一个能干的女人，为什么到了夜晚就像变了一个人，变成一个喜欢查看老公隐私、好奇心重、不尊重别人的“坏女人”了呢？

P 女士的先生是一个仪表堂堂的男人，很招女孩子喜欢。他自己不觉得，P 女士却很把他的“帅”当成一回事，在脑子里总是生出这样那样的“假想敌”。

有一次，P 女士外出办事，心血来潮要到先生的公司去看一眼。来到先生的办公室门口时，只见门半掩着，里面传出一个女人的声音。P 女士想要敲门进去，转念一想还是忍住了。

她没有跟先生再提起过这件事，但心里从此打了一个“结”，隐隐地感觉老公身边还有别的女人。

女人一旦动了某个念头，是十匹马也拉不回的。从她听到办公室里传出的那个女人的声音时起，她就感觉老公的一举一动全都不对劲儿了。

每天晚上在老公入睡之后，P 女士会光着脚悄悄爬起来，查看老公的手机，每一条通话记录、每一条短信留言都会细细阅读。她希望能从中发现问题，同时，又担心真的有“疑点”短信出现。

她心里既矛盾又紧张，每天被各种各样奇怪的念头折磨着，严重影响到她第二天的工作。其实，那个女人不过是 P 女士先生的下属，每天都要去他的办公室汇报工作，并没有什么特殊关系。

P女士在老公的手机上查不到任何蛛丝马迹，她怀疑老公是每天下班前把手机里的信息全都删除掉了。她认为老公和那女人的关系已转入地下，所以，她有时班都不上，跑到丈夫公司门口去“蹲点”，想看到他在跟什么人来往，下班后又去了哪里。

由查看手机发展到跟踪盯梢，一步一步，P女士自己把自己逼上了绝路。

一年后，她住进了精神病院。她有很强烈的妄想症，根本无法控制自己。

P女士的故事虽然是个特例，但它告诉我们一个道理，女人要相信自己的老公，不要轻易怀疑自己的先生有“外遇”。真爱靠吸引，而非限制。

4. 爱情保鲜

一个家的好与坏，说到底取决于男人的事业。男人的状况稳定与否，决定了整个家庭的“江山”是否稳固。

说到爱情保鲜，我看到有许多本书都特别强调女性部分，认为保鲜是女人的事，例如穿衣打扮、保养皮肤、保持身材，要如何如何才能显得年轻好看，这些都是已婚女人必做的功课。

但这里我要谈到男人部分。我认为一个家的好与坏，说到底取决于男人的事业。一般家庭的主要收入来源，来自于男人的薪水或他自己做生意所得。男人的状况稳定与否，决定了整个家庭的“江山”是否稳固。

我有一个读者小曲很喜欢我的小说，后来我们成为朋友，她花了两个下午的时间，跟我讲述了她两段婚姻的复杂经历。

第一次结婚，她先是找了一个薪水男A。A勤勤恳恳工作，挣的薪水不多也不少，刚够生活，没有多余存款。小曲和A先生一直保持着“二人世界”，小曲说如果生孩子的话，他俩的生活水平会下降。

“以我俩当时的状况，买个房子之后，银行卡里就没什么钱了，剩下的钱刚够吃饭，要小孩？想都别想！生了也养不起，所以我们俩当时就没要。”

小曲又说：“现在想来有些后悔，当时年轻，如果要个孩子，再艰苦恐怕也能挺过来吧？你看看我，结过两次婚，又离过两次，现在两手空空，什么都没剩下，想想真有些后悔呢！”

第一段婚姻，因为对方是个工薪族，收入有限，小曲心理一直不平衡，直到她遇到第二段爱情——生意人B先生，她才觉得找到了自己真正想要嫁的人。

B先生是一个计算机材料供应商，这种生意在前些年非常好做，赚钱很容易。小曲是在一次报社招商会上认识B先生的。B先生落落大方的举止以及阔绰的行为，一下子吸引住正被“穷”字困扰得想撞墙的小曲。

“你长得像我以前的一个情人。”那个男人真会聊天，上来就夸小曲长得漂亮身材又好。得知小曲已经结婚了，他又说，看上去可真不像啊！

B先生有意无意向小曲透露，说自己经济上很富有，有房有车，有一家不大不小、运营状况良好的公司。最难能可贵的是，他居然是个单身。

这太出人意料了。像他这种条件的男人，有钱，精明强干，相貌又好，谈吐风趣幽默，怎么可能还是一个人呢？

“我就是一个人。不信，哪天你上我家来看看？”

B先生在追女人方面很有经验，甚至比他做生意还要有经验。他知道什么时候该说什么话，什么时候该提出邀请，什么时候该请对方去他家，对方会不会接招……这些他心里都一清二楚，如明镜一般。

小曲正处在人生的十字路口，她一直对只拿工资、简单生活的A先生心怀不满，她的理想是开好车、住豪宅、出入有人跟随，过上风生水起的豪门生活。

B先生乘胜追击，给小曲讲述了一个令人感动的故事。说他以前的女朋友得白血症死了，死的时候非常年轻，只有23岁。“天使一样的女子”，他用这样一句好听的话来形容逝者，令小曲内心最柔软的部分被人用无形的手按了一下。

她真的动心了。

不久以后的某一天，小曲接受邀请去了B先生的家，该发生的都发生了。小曲躺在B先生家超宽、超有弹性的大床上，小声呻吟着，享受着性爱的快乐。她内心混杂着复杂的情绪——内疚，伤感，又有几分狂喜，因为她终于有理由离开那个家了。

但她并没有很快跟丈夫提出分手，原因有很多。

女人在激情时所思所想，未必能代表她的真实想法。女人一激动，往往做错事。

小曲是在B先生事业蒸蒸日上的时候跟他好上的，两人这种特殊关系维持了半年多时间。小曲游走在两个男人之间，内心挣扎、犹疑、寝食难安，整天像是被人撕扯着一般。

怀揣着秘密的女人，其实是世界上最不幸的女人。A先生和B先生都是好人，谁也不勉强小曲，逼她做出决定，但小曲自己不能饶恕自己。怎么才能跟丈夫说清楚，然后，好端端地、完整地（这是她自己的原话）嫁给自己的“真爱”？

其实，爱到那时，可能连她自己都迷糊了，她的“真爱”到底是谁、哪一个才是她应该携手一辈子的男人。

终于有一天，小曲忍不下去了。她把丈夫约到一个环境很好的地方，说要跟他好好谈一谈。这个严肃的场面，丈夫一想就明白了：妻子肯定有什么重要的事，今晚要跟他摊牌。不知A先生是早就知道了妻子有情况，还是突然得知这个消息，总之，当时他发了很大的脾气，表示坚决不同意离婚。事后怎么想通的，小曲没跟我说。

结果，他俩闪电离婚，小曲跟B先生闪电结婚。

婚后，小曲自认为找到了真正的幸福，把工作也辞了，啥也不干，打算待在家里享清福。可这种悠闲自在的好日子没过两月，问题就来了——不是小曲跟B先生感情不好，而是B先生公司的财务状况突然出现了危机。

这个突然而至的打击是谁也没有料到的。一开始，B先生还瞒着小曲，用拆东墙补西墙的办法，度过了心力交瘁的三个月。

这期间，B先生好像变了个人。他变得不爱说话了，性生活也明显减少，他一直不想把公司财务危机的事告诉小曲。后来实在撑不下去了，他反反复复想过之后，跟小曲摊了牌。

这个家从此就没了笑声，日子过得磕磕绊绊。小曲非常郁闷，好日子过了没两天，婚姻又遇到了大麻烦。

半年以后，小曲的第二段婚姻也结束了。要想家庭稳定，男人的事业是关键。不稳定的生活，是哪个女人也无法承受的。小曲原来觉得工薪一族薪水太少，没想到找到一个当大老板的，日子也会风云突变。她甚至有些后悔自己嫁给了B先生，弄得鸡飞蛋打，什么也没捞着。

5. 金丝雀

男人挣钱养家，不仅是经济需要，同时也是心理需要。谁愿意天天闲在家里，做一块“废物点心”呢？

我的一个朋友安妮毕业于某名校中文系，文笔非常好，毕业后一直担任某著名女性杂志的主编。她的事业做得风生水起，年收入近百万，唯一美中不足的是，由于工作占去她太多时间，她三十多岁了还一直单身，一直都没好好谈过一场恋爱。每次聚会，我们都是成双成对，只有安妮是独自一人。安妮要求很高，朋友们也不好给她介绍，只有等她自己慢慢遇到。

没有任何预告，在一次聚会上，安妮突然带来一个比她小一些的男孩。男孩二十几岁，少言寡语，异常腼腆。大概事先安妮曾告诉过他，这个聚会上都是些名人，让他尽量少说话。

后来我知道，安妮新结识的男友叫落落。落落喜欢画画，大学学的是冷门专业，毕业后一直找不到工作。安妮和他是在购物中心买衣服时认识的，没过多久就坠入了爱河。

在那次聚会之后，我一直忙于写作，无暇跟他们再约，半年后一个偶然机会，听到了两人结婚的消息。我当即打电话给安妮，想证实一下这个好消息。没想到安妮情绪不高，想要跟我单独谈一下。

第二天下午，她约我到一个僻静的小咖啡馆喝咖啡，说了好多心里话。她说："其实我生活得并不好。虽然我尽一切努力照顾着落落，但他生活得很不快乐。因为他没有工作，总是自责。"

"我说我年收入有一百多万，你完全可以不工作。他不听，每天都出去找工作，结果到处碰壁。最近他得了抑郁症，非常严重，有自杀倾向。这段时间我连班都上不了，天天在家看着他。"

男人虽然衣食无忧，也不缺少爱情，但如果没有工作，没有一件让他觉得自己有价值的事情做，他依然不会开心。

男人挣钱养家，不仅是经济需要，同时也是心理需要。谁愿意天天闲在家里，做一块"废物点心"呢？

6. 为爱生长

永远不要相信天长地久、海枯石烂那些誓言，好日子是慢慢过出来的。你越独立，他越害怕你离开。

周杰伦的妻子昆凌年轻貌美，在湖南卫视的《天天向上》节目中，态度极谦逊，惹人喜爱。谈起孩子，她竟用“哭得不行”这样的词语来形容自己的想念，真是太可爱了！

作为“天王巨星”的妻子，生完孩子就要出来工作，这种独立令人肃然起敬。主持人汪涵问她为什么生完孩子还要出来工作，她的回答异常单纯：“我想让孩子长大以后知道，她的妈妈跟爸爸一样棒！”

昆凌是个聪明的女子，即使结了婚，即使嫁给“天王”，也没有放弃自己的工作。女人要有自己的事业，无论对方多么富有，多么有名，也要坚持自己那一亩三分地。

过于黏人的妻子，无论对哪个年龄段的丈夫来说都是一个包袱。有的人嘴上不说，心里也会感觉怪怪的：怎么结婚了就没有一点个人空间了呢？这么黏人，走到哪儿带到哪儿，好烦啊！

男人更需要空间和自由。

如果我是一名男子，我不希望自己的老婆总是跟着自己。一个人又不是别人的影子，干吗他往东你就往东，他往西你就往西呢？女人要有点小个性、要独立。你越是对他“无所谓”，他越是来黏着你，讨好你。

男人都有一点小贱，越是得不到的东西，越要伸手去争。你天天在他眼前晃着，嗯嗯呀呀的，他反而把你当成“透明人”一样视而不见。

永远不要相信天长地久、海枯石烂那些誓言，好日子是慢慢过出来的。你越独立，他越害怕你离开。男人的危机感一旦产生，在工作之余，就会拿出一部分精力来对你。眼睛盯着你，心里想着你，电话里有你，电脑里有你，家里外面到处都是你的影子，这样的婚姻，你和他谁还跑得了？

结婚是一辈子的事，独立也是一辈子的事。

7. 爱我，只因为我是我

婚姻没有固定标准，但好婚姻是“选择时没杂念＋男方有主见”。

关于婚姻，有许多错误观念，让人忍不住想要好好地说一说。

谬论一：女人要想事业好，必须以牺牲家庭为代价。

这是许多女性选择晚婚甚至不婚的原因。自己受教育多年，毕业后本想放手一搏、施展才干，做出一番事业，结果却因为这种奇怪的论调，不得不考虑二选一，家庭和事业，到底选哪个，真是很难抉择。

据世界最新调查数据显示，美国受本科教育的女性首次多于男性。这就预示着，在不久的未来，“男主外、女主内”的家庭模式将被打破。家庭和事业并不矛盾，谁有能力，谁就到外面去打拼，女人结婚以后同样可以干一番大事业。

谬论二：生孩子之后，老公可能会爱别人。

这是典型的以讹传讹。庸俗电视剧里常爱这样写：女人在家生孩子，男人在外搞外遇。现实生活中的婚姻，大多数丈夫会因妻子怀上自己的孩子而心存感激，因为要迎接一个小生命，是那么不容易！女人生完孩子之后，男人甚至会对你心生敬意。看着摇篮里那个活泼可爱的小生命，看着宝宝嫩藕一样的小手，男人会深刻地体会到：女人太伟大了！更何况，女人生完孩子之后，身体会变得更成熟、更有魅力。

谬误之三：三十岁恐惧症。

三十岁对女人来说还很年轻，千万别因年龄问题对自己没自信。三十岁也好，四十岁也罢，女人就是女人，有魅力的女人永远不会老。

谬误之四：凡事要靠自己，用双手撑起天空。

生活是一个整体，女人要懂得示弱，懂得以柔克刚。女强人也有柔弱的一面，要想让自己过得幸福，就要对银行卡上的数字看得淡一些，少挣一些，多关心伴侣。

谬误之五：不花男人钱，就是好女人。

独立固然好，但除了经济上独立，女人要做的事情还很多。

癫狂、斗狠、互相攀比的女人，永远得不到幸福。

婚姻没有固定标准，但好婚姻是“选择时没杂念 + 男方有主见”。

选择时没杂念，是说选择对方不是因为对方的钱、社会地位、房子等，这些都不作为婚姻的主要因素。你没有有求于对方的事情，不拿婚姻当赌注，不幻想婚姻能将你完全脱胎换骨。你还是你，有着自己独特的品位、社会关系、朋友圈子。你嫁给他，完全是因为你喜欢他这个人。

男方有主见，婚姻才容易幸福。男方的恋爱、婚姻，他个人完全能做得了主，而不是跟个小孩似的总听他家人的。有些男人比较没主见，会把爸妈的意见放在第一位，这样的关系下，即使结了婚，女方也会受夹板气。

8. 单亲也幸福

以前专家总是强调，父母离婚会伤害孩子。现在社会开明，观念改变，不少单亲家庭也很幸福。

演员孙俪和她妈妈，是值得羡慕的一对母女。孙俪接受专访时，说起小时候妈妈是如何对她的，并回忆起妈妈替她捏脚那一幕。孙俪说，小时候，她脚的形状不是特别适合跳舞，她每天晚上训练回来，妈妈都会替自己捏脚。

孙俪是单亲家庭，妈妈把全部的爱都投入到了孩子身上。另一个在单亲家庭长大的孩子周杰伦，也有一个无微不至关照他的妈妈。据周杰伦的朋友回忆，周杰伦刚入行时，妈妈希望朋友们照顾他，经常会做些好吃的带到公司，“贿赂”他身边的朋友。

这样的妈妈还有什么可说的？这样的好妈妈，谁都想有一个。

以前专家总是强调，父母离婚会伤害孩子。现在社会开明，观念改变，不少单亲家庭也很幸福。

单亲总比吵吵嚷嚷的双亲要好。朋友小雅三十岁未嫁，就是因为她要随时充当“救火队员”的角色：她父母说不定什么时候就会吵起来，她就要放下手中的工作，冲回家去“扑火”。

“我一个人受着就可以了，”小雅说，“不要拖累人家。”小雅每回恋爱，都到结婚的门槛时戛然而止。不是两人不够相爱，而是爱过了头。小雅那么疼对方，不想让他受一点委屈，而自己的“双亲家庭”是那么糟糕，父母隔三岔五就会大吵一架，或者动用暴力。小雅想，自己一旦结婚，老公一定会被卷进去，进入“救火大军”，生活毫无乐趣可言。

我问小雅，父母为什么没日没夜地使用暴力呢？小雅说，都是些鸡毛蒜皮的小事，看个电视都能打起来。我是“情感专家”，我说，像这种情况，就应该把他俩分开。

小雅立刻跳起来：“这话你可说不得！我本来也动过这念头，想让他俩离婚的，结果被周围的叔叔阿姨们臭骂了一顿。”

“哪有你这样做儿女的呀！”他们振振有词地说，“亲手拆散你爸妈的婚姻，你敢？”

小雅不敢。劝她父母离婚？谁敢！

9. 为爱，学会拒绝

> 有时候，人的运气不好，会碰上一些改变你一生的“朋友”，把你原有的生活节奏打乱，让你好长一段时间都恢复不过来。

“多个朋友多条路”这句话，我一向不太赞同。有时候，人的运气不好，会碰上一些改变你一生的“朋友”，把你原有的生活节奏打乱，让你好长一段时间都恢复不过来。我过去的一个朋友就曾经遇到这样的事。

梅小姐做产品销售，业绩不错，有车有房，未婚，很喜欢交朋友。有一回在聚会上她认识了一个男的，两人很聊得来，那男的就要搭她的车回家。

“你不会拒绝我吧？”那男的很会说话，这样问了一句，梅小姐就真的不好意思拒绝他了。紧接着，他就跟梅小姐上了她的私家车。让男人上你的车，就等于让他上了你的一半床。这是梅小姐事后总结出来的。可是当时她还不明白，两人开着车边走边聊，聊得火热。

他们聊足球，聊北京的房价太贵。

男人说，他租的房子在通州，可远可远啦！又说，不如先到你那儿去坐坐？咱们聊个通宵？

这一晚过得不寻常。他们煮了茶，煮了咖啡，两个人都很兴奋，坐在书房里聊天，天快亮时两个人才和衣而眠。

从此，这个男的三天两头来找她，总是情绪低落，骂现实太残酷。原来，他又失业了，找不到工作，他跑到梅小姐单位找她借钱。

梅小姐原来工作顺利，经济独立，独来独往，情绪不错。自从交到这么一个“灰色情绪”的朋友，情绪变得异常低落。男人几次跑来找她借钱，并把对社会的不满情绪“转移”到她身上，让她变得很烦躁。

她经常在电话里对那个男人发火，把他大骂一顿。

男人反咬一口，说她这个女人一点不仗义，把钱看得太重。

男人所谓“借钱”，其实就是伸手要钱。少则五六百、多则三五千，都说有急用，其实就是找各种各样的理由骗钱。但那男的很会哄人，花言巧语的，几句话就把梅小姐哄晕了，从卡上提出现金来给他。

但是，这位男友从来都是借钱不还，梅小姐不知该怎么办。后来，那个男人因诈骗罪被抓，梅小姐才如梦方醒。还有七个女人同时被骗，她们都不知道生活中还同时存在别的“情人”或“红颜知己”。

这个男人每星期都有计划、有步骤地分别找他的几个“崇拜者”（男人自定义）借钱，自称“还没找到合适工作”，但借的钱从来都不还。直到有一天，其中一个女的催款一直未果，将男人告上法庭，事情才败露。

对女人来说，朋友不可交得太多、太杂，少而精即可。

已婚女人交友更要慎重。有不少女人有一个错误的观念，认为反正自己已经结了婚，就没有男的会对自己感兴趣了，这是一个非常错误的观念。

10. 心酸的浪漫

女人，千万不要被“爱情”两个字哄得晕乎乎的，要警惕身边的“男白骨精”啊！

你遇见过“男白骨精”吗？

之前做客《今日影视》，节日的话题是谈论一部香港新片《姨妈的后现代生活》。生活就像是一团烂棉絮，理也理不清。我很喜欢这个电影，把它概括成“心酸的浪漫”。

周润发在这部电影里扮演一个有些脂粉气、很会讨女人喜欢的男骗子。说他是“骗子”其实不太准确，我们还是把这类人称作“男白骨精”吧。

“男白骨精”大都有些姿色，电影里的周润发夜晚还在使用美白面膜，就是为了让姿色可以持续得更久一些，好让多几个斯琴高娃扮演的“姨妈”上当受骗。

“男白骨精”大都多才多艺，“我是个杂家”是他们对自己通常的称呼。他们什么都会一点儿，但什么都不精。不过，精不精不要紧，骗女人已经足够了。多才多艺最能吸引女人眼球，女人天生热爱艺术和伪艺术，有的男人穿个戏服，憋个小细嗓咿咿呀呀地哼上两句，就足以让女人为之倾倒，并误以为遇到了知音。

“男白骨精”大都嘴巴抹蜜，很会夸女人，什么“美人”“美女”之类。女人爱美成性，耳根子又软，经不起夸奖，很快缴械投降，把身子和银子一起给了男人。

“男白骨精”夸女人都是为了女人口袋里的银子。当然，“男白骨精”有时也会略施小恩小惠，比如买点水果什么的。“男白骨精”如果请你吃饭，那一定是要问你借钱了。“男白骨精”有时也会撒娇，他们如果想要一件什么样的衣服，希望女人买给他，也会撒娇跺脚、全身扭动，或者干脆在女人面前哭一场。在骗取女人同情心的同时，也骗了件价格不菲的衣裳穿在身上，美滋滋地，不知羞耻。

“男白骨精”有时也很无情，遇到不顺心的事，转身就走的情况时有发生。不过，在把女人骗得精光之前，他肯定还会回来的。

他们算计一切能拿走的东西，今天骗、明天骗，等骗得差不多的时候，他们才会自动消失。

他们可不承认自己是骗子，他们的本事在于让女人受了骗，还说不出什么来，让你有苦难言，打碎了牙往肚里咽。女人，千万不要被“爱情”两个字哄得晕乎乎的，要警惕身边的“男白骨精”啊！

缘

如诗亦如是的美好

与君相见，便是一生。

如果不是上天定好的缘分，为什么我们会一生痴恋一个人，为他生、为他死、做他喜欢的事、听他喜欢的歌、成为他爱慕的那种人？

1. 有颗童心爱到老

你们各自努力着，只是偶尔回到小时候，
扮演各自童年的自己。
一生能有几回疯？有颗童心爱到老。

童心不是每个人都有的。有的人就没有，你说什么话他都会当真，这样的人最不好相处。有一天看电视，看到主持人采访周杰伦的妻子昆凌：你觉得周杰伦最大的优点是什么？昆凌毫不犹豫地回答：他有幽默感。

有幽默感，多好！

有了幽默感，才可以一天到晚做小孩，跟自己的老公说反话，上天入地不着调。偶然撒个娇，要他背、要他抱，像小孩似的缠着他，把他书房里的东西弄乱，不让他工作。

你的爱人要跟你一样，也有一颗童心。他早晨起来出去跑步，顺便给你带回来一朵花放在你床头，弯下腰来凑近你，看着你醒来；看早上第一缕阳光照在你脸上，看你闭眼时的长睫毛。

他开车时听的音乐，也正好是你喜欢的；他睡觉时喜欢踢被子，你总是悄悄帮他盖好；他去超市购物前有写购物单的习惯，你把那些小纸条收集起来，在他生日时贴在一个大本子上送给他，里面写满暖心的话。

他会煮吃的啊，这一点你最喜欢。

帅哥做饭时最性感。你喜欢看他系着白围裙在厨房里转的样子，用刀唰唰地削胡萝卜皮，把肉剁成肉糜，砧板被震得砰砰响。菜烧得好香啊，有鱼、有肉、有青菜，连米饭也发出清香。

你们俩有一张又大又舒服的沙发，他童心大发的时候，会坐在沙发上用 Ipad 玩游戏，这时你可以到跑步机上去锻炼身体。春天去看花开，拍到的照片一定是桃花，粉啊粉；夏天一起去游泳，学了几年，你依旧停留在学习阶段，到了深水区大呼小叫，看他急急游过来救你的样子，你感觉很安心。

偶尔喝喝汽水，回到小时候也好。偶然吃个汉堡包，不做饭又怎样？工作到通宵，第二天补个美容觉。他陪你玩，陪你疯，不嫌你幼稚，从不说你像个孩子……

他有他的事业，他的职业也是你喜欢的。你们各自努力着，只是偶尔回到小时候，扮演各自童年的自己。

一生能有几回疯？有颗童心爱到老。

2. 爱情是门必修课

爱情从萌芽到开花结果，这中间要经历千难万险，就像《西游记》里的九九八十一难。

爱情是门必修课，可能，只有遇见对的爱，才有可能顺利结业。

我感觉做情感节目主持人比当作家更忙碌，除了做节目，还要回复许多听友的来信。他们的问题都很具体，小到握手、接吻，大到上床、结婚。

爱情课远比文学课要动人。爱情是每个人都可以参与其中的、有资格经历的，而文学却不是。在今天，文学是艺术品，它可以欣赏，但不能当饭吃，如果你不是以文学创作为职业，那么，文学对你来说，就与求职、做业务、晋升、加级、涨工资统统没有关系。所以如今传统文学已有点衰落，写小说的人改写电视剧，这些都很正常。

爱情却是一个永恒的话题，没有谁能绕过爱。

情窦初开，眼前展现出另外一个世界。女孩眼中的第一个男孩，如《红楼梦》里林黛玉眼中的贾宝玉，你眼中的那个“他”，在你眼中一举一动都是美的。他打球，你为他在场边加油，然后根据他的喜好买书送他；他过生日，你会提前给他惊喜，约他在一个意想不到的地方见面——或许，摩天轮就是一个不错的地方。

他虽然是男生，却从来没有坐过摩天轮。他告诉你，他有些恐高。于是你就笑了，嘿嘿，一个男的，还恐什么高？你一个人上了摩天轮，用行动证明，你是个大胆的女孩。那个男生是你的初恋，他一直站在原地等你，这一等，就是一辈子——你们结婚了。

爱情从萌芽到开花结果，这中间要经历千难万险，就像《西游记》里的九九八十一难。爱情是否成功、是否能修成正果，谁又能说得清楚？

爱情是门必修课，可能，只有遇见对的爱，才有可能顺利结业。

3. 爱是浓淡相宜，远近相安

爱是浓淡相宜，远近相安。

爱情是什么？每个人心底都有一份属于自己的独特答案。

爱情是什么?

我做过许多情感节目，也不知道爱情的真谛到底是什么。只觉得它很高深、暧昧，像迷局一样让人迷惑，像蜜糖一样让人甜蜜，像大风一样刮走阴霾，像风中旗帜一样在心里哗哗作响……

爱情是海边沙、风中云；是情书、是戏剧、是偶尔投向对方的一个眼神；爱情是落地窗外的一道虹影，是偶尔飞过的喜鹊落下来的一根羽毛；是裙摆、是眉梢、是红唇；是纤细的手指和闪亮的指尖，是领上的珍珠和耳边的情话，是你在风中行走时，一片秋叶恰好落在你脚面。

爱情是食物，像一碗素面，自有它清香的味道。爱情是房间，怎么摆放全由你心。房间是放大的心灵，华丽的枝形吊灯，满目水晶，壁纸上开满大朵大朵的玉兰花，仿佛在风中散发着迷香。

爱情是一只碗，盛上清水，水中有声；盛上烈酒，酒中有魂。爱情是初冬的第一场小雪，悄然而来，令人猝不及防。爱情是轰轰烈烈的火焰，是静悄悄的不见波澜的海水，是大地远方的一棵孤独的树，是地平线上亮起的第一颗星……

爱是浓淡相宜，远近相安。

爱情是什么？每个人心底都有一份属于自己的独特答案。

4. 低调才能让爱长久

家是一盘整棋，夫妻双方任何一个都不能因为想要突出自己而毁了这个家。

结婚以后，女人应该拥有一种什么样的心态？

你跟老公不是同班同学、同事、网友或者这样那样的关系，以前你俩可能是，但现在不是了，再也不是了。你们从朋友变成了夫妻，以后将永远是“夫妻”这种世界上最为特殊的关系。

夫妻不是竞争对手，这一点很重要。很多夫妻由以前的同学、同事演变过来的，潜意识里都存有“攀比”“竞争”之类的字眼儿。

小A女士以前在大学里跟她老公F是一个班的，小A在人前最爱讲的一句话就是：“别看我老公F现在做官了，人五人六的，在大学里成绩还不如我好呢！”

听了妻子小A的话，老公F通常会憨厚地一笑，表面上看不出什么，其实心里是不舒服的。

男人在家里无所谓，在外面可是很要面子的。要哄好一个男人，就要给足他面子，这是古今中外走到哪儿都不会改变的道理。小 A 不给老公面子，老公也渐渐对她冷淡了许多。

小 A 不明白这其中的原因，写了一封邮件给我，我给她支了招。其实，要改善他们的关系很简单，只要小 A 放低姿态，不把今天的老公当成过去的“同班同学”，说话做事都得体些，特别在外人面前给足他面子（就是给他戴高帽子嘛！自己的老公，多夸夸也无妨），两人的关系就会变成“良性循环”，你恩我爱，感情会变得越来越好。

男人和女人之间是需要互相调教的，这就跟“调味”是一个道理。喜欢做菜的人都知道，味道需要慢慢品尝、慢慢调才能达到最好，夫妻间也一样。

女人不逞强，把“大英雄”让给男人去做，这是让他们“自动”变好的一大法宝，不信你试试看！

婚姻不是张扬个性的地方。个性太强的女人如果结了婚，应该把锋芒收一收，收起来是为了扬出去。克制内敛的女人，从大局出发，把家整治得好好的，丈夫事业发展得好，飞黄腾达了，妻子岂不是最大的受益者？

家是一盘整棋，夫妻双方任何一个都不能因为想要突出自己而毁了这个家。

5. 爱情的旧衣

丢掉所有旧衣以及附着在上面的情感记忆，像个小女孩似的，谈一场干干净净、没有条件的恋爱。

我衣服很多，有一个房间那么大的衣橱，一脚踏进去，满眼都是衣服，琳琅满目。我除了爱写作，就是爱买衣服。每到冬季快要过年之前，我会收拾整理一次整体衣橱。

终于活到了想买什么都买得起的年纪，平安、富足，也懂得取舍。过季的衣服，多数不会再留。旧的不去，新的不来。

我的好友多艳跟我正好相反，她从来不把旧衣服丢掉，她说，每件旧衣上都有爱的味道。她说，你看这件粉红色的百褶裙，虽然不流行了，但我对它有感情。上次我跟陈江一起喝咖啡，我把咖啡泼在了上面，还是他帮我用纸巾擦干净的呢！

她说话时那种眼神儿很让人羡慕，那是爱的眼神。

多艳说，每件衣服后面，都隐藏着一个男人，都有一段浪漫的爱情故事。

多艳的工作不错，属于高薪白领，只是人到中年，还是单身贵族。

“我就奇了怪了，为什么别的女人谈恋爱都能有个结果，最起码结过一次婚，结了再离也成，而我忙忙碌碌的，怎么还是个未婚女青年？”

多艳一边收拾那些衣服，一边唠唠叨叨。我俩共同的特点是都很爱美、爱买衣服。但我从不把衣服与感情扯在一起，我是有家的人，感情稳定，从不节外生枝；多艳是单身女子，谈一场恋爱就高兴几个月，一高兴就会买一大堆衣服回家。

她的记忆力超好，一裙一衣都有出处：这条红围巾是跟杜哥一起去看电影时围过的，那条绿裙子是跟小新一起去北戴河穿过的……她的恋爱史都写在了她的衣橱里，连凉鞋、丝袜都有出处。

今年秋天我给了她一条建议：丢掉所有旧衣以及附着在上面的情感记忆，像个小女孩似的，谈一场干干净净、没有条件的恋爱。不要求对方是总裁或名作家，只要他是个爱你的好男人。

不久后我收到一条短信：“凝姐，多艳小姐元旦结婚，你意外吧？”

我只回了一个字：“好。”

6. 以爱之名

寻找伴侣，或心灵相契，或平淡如水，或人生两极，一个是山峰，一个是海水，都能获得幸福。

在成长的路上，太过无病呻吟、矫情，人就会变得孤独。寻找伴侣，或心灵相契，或平淡如水，或人生两极，一个是山峰，一个是海水，都能获得幸福。

最怕看到无病呻吟的文字。明明道理浅显明白的一件事，到了某些人笔下，却变得复杂拖沓，好似甩着水袖，拖着长腔，做痛苦呻吟状。想要说什么，最终都不甚明朗。

女人成长比男人要难些。不少女人靠近男人，是为了吸收“氧气”，仰仗男人的学识、见识来充实自己，这样的女人最可悲。

她们精神上不独立，事事不会自救，要靠男人来救她。现代都市中，茫茫人海里，女人若不能独立起来，就会孤独感顿生，会觉得人生苦不堪言。

要想成长为独立的女人，也需经过艰苦的磨炼。有人神经很脆弱，一点点小苦都受不了。微博上有人说了两句让她气不顺的话，就会哭泣起来。这时候很希望有个男朋友或老公在旁安抚，说几句宽心的话，抑或撸胳膊挽袖子亲自上阵，鼠标一点把对方“拉黑”，让对方的名字从此不会在“亲爱的”微博上出现。

女人爱幻想被什么人宠爱着，天天娇滴滴地过日子，这也是为什么师生恋总是流行的真正原因。少女时期这种幻想最为强烈，爱上自己的老师或者上司，幻想着他也爱自己。总以为对方的婚姻不够幸福、老婆不能理解他，自己才是救世主，想要救这个男人出苦海，然后逼他离婚。

有的小女子一厢情愿地以为，年龄大一点的男人都应该爱她，爱她的年龄。但实际上，大多数已婚男人在有了稳定的感情之后，是不太愿意节外生枝，再出什么幺蛾子的。除非有人主动送上门去反复纠缠，男人被磨得动摇了，才会生出一段苦情戏。

小女子沉浸在莫名的幸福里，先是诅咒发誓只做男人背后的女人，悄悄爱着你，绝不给你添乱，不抱怨、不纠缠、不会逼你离婚。

男人点头称是。真好，他想要的就是这种局面。

于是恋爱悄悄展开，地下暗流涌动，地面风平浪静。但是过不了多久，小女人就想变成大女人。哭泣、吵闹、发短信、发电邮，全方位狂轰滥炸。会出现这样的局面，小女子把它归结为“爱情”。自以为打着爱情的旗号，怎么闹都不过分。

这样的女子不会成长，一辈子都活得很累。

7. 熟女清香

理想、本领、爱人、意趣……一个女人在成熟之后，这些元素都应趋于稳定。小姑娘式的忽东忽西，不知自己要什么，也不知该往哪里走，那个阶段早该过去了。要做一枚成熟的果子，果实上布满了清新的露水。

日本歌手工藤静香的画看上去非常美好，就像她的人一样，成熟、自然、清香。看到她在台上赤着脚唱歌的样子，你绝对想不到，她的另一面竟是安静地坐在房间一角，手拿画笔和颜料，在画布上细心涂抹，描绘出五彩缤纷的油画。

她还设计首饰，思路大胆前卫，有骷髅、有蜘蛛，令人不敢相信这些设计出自一个美丽女子的纤纤玉手。她还用心照料着家中的两个孩子，她说，做人不能随心所欲。

以前我不相信这世上有完美女人，但这位日本女子让我相信，完美是存在的，特别是盛放的花朵、成熟之后的女人，就像放置的时间恰好的醇香美酒，浓重而热烈，性情稳定，甘醇可口。

成熟女子，是警醒而有自知的女子。她们不再相信20岁时的谎言，不会再骗自己穿进7厘米高的细跟高跟鞋，以为这样的鞋才是真正属于女人的美。20岁时，一心希望自己的鞋跟越高越好，不为男友喜欢，只为自己的虚荣。

进入成熟的年纪，第一件事就是放弃了不切实际的幻想。那些窄小的、细条的外套，看上去是那样美，却紧夹住身体、气流不畅，活动也不方便。小一个尺码的鞋子、式样复杂的发型、追赶潮流的紧身裤，这些统统都舍得放弃。

活回自我、活回本真状态是成熟的第一要素。那种波浪大卷、斜刘海也许适合别人，可安在你头上就很假，还得打上弹力素，喷上发胶塑型水，一头卷发不知要倾注多少心血、花费多少时间，真觉得不值。还不如把时间花在健身上，每天健走一小时，比对着镜子摆弄一小时头发更划算。

清爽直发、白衫黑裤，是最简洁、最青春的穿法。我曾经一度迷恋藏族首饰，大而宽的银镯、粗粗的牛骨项链、美国黑人喜欢戴的大耳环。现在，我忽然感觉这些东西沉而累赘，不戴的时候身心反而都很轻松。

突然就理解了梁朝伟的一句话。记者问他："为什么不戴结婚戒指？"他只回答了一个字"沉"。戴上多余的首饰，的确挺沉。轻盈的身心才符合目前"低碳生活"的潮流。

20岁的年纪总是醉心于远走天涯，不然三毛的书为什么会如此畅销？因为她符合了大家"远走天涯"的梦想。成熟之后我们才明白，"远走天涯"如果是一句话，它无疑是美丽的；如果真要付诸行动，对于久居都市的人来说，却是挺矫情、挺累人的一件事。

理想、本领、爱人、意趣……一个女人在成熟之后，这些元素都应趋于稳定。小姑娘式的忽东忽西，不知自己要什么，也不知该往哪里走，那个阶段早该过去了。要做一枚成熟的果子，果实上布满了清新的露水。

8. 谁把爱情作没了

作女是观念上出了问题的人。作女很作却不自知，自以为智商是聪明人的N次方。其实，谁也不是傻子，只不过，真正聪明的女人都是大智慧，端庄、文雅，并不多言，对男人也没有猴急的时候，只会用爱情说话。

最近在看王丽萍编剧的电视剧《人好时光》，剧中有个叫夏冰冰的，女观众都十分反感她，叫她“作女”。

作女通常都长得有几分姿色。姿色这东西，有时就像一碗面上的小辣椒，红通通的很抢眼，吃起来却味道呛人，让人很不舒服。

剧中的冰冰就是这样一个角色。她很聪明，穿白衣时很美，显得冰清玉洁，内心却九曲十八弯，很复杂，算计起人来如一台高速运行的电脑，谁也比不过她。

她看上了袁浩（胡歌演）家的上海老房子，就一心追求袁浩，想尽办法住进他家；她爱钱，有一大箱子名牌包包；她喜欢的男人就一定要弄到手。

冰冰擅于伪装，面对袁浩，她表现得温柔、纯洁。她是那种第一眼看上去再平常不过的女孩，似乎随遇而安，根本没有心计，喜欢就是喜欢、不喜欢就是不喜欢。

刚到微博上去看了一下，大家对冰冰简直可以说是口诛笔伐，都说她心机太重。心机重的人，从短期看能得到一些实惠，可从长远来看，往往比那些不精于算计的人混得要惨一些。因为人生和爱情都难以预料，日子过着过着就走样了。

大好时光，应该是指情感有了归宿之后，踏踏实实过日子的那段时光。作女却从来不肯好好过日子，这山望着那山高，总觉得别人的老公长得帅、挣钱多，日子过得比自己好；作女爱攀比，比钱包、比车子、比老公、比孩子；作女神经都比较敏感，到了夜里想东想西、睡不着觉；作女爱哭，遇事就一把鼻涕一把眼泪，把男人的心哭得粉碎；作女总觉得自己聪明、别人愚钝，看到那些慢吞吞不说话的女子，会从心底藐视她们，心里念叨着：好笨啊！

可是到头来，那些她瞧不上的女子，一个个都嫁得比她好，过上了安稳幸福的生活。或许，作女从心底就鄙视“安稳”两个字，安稳就意味着停滞不前，意味着满足现状，作女却求新求变，希望日子过得日新月异，每天一个样。

作女是观念上出了问题的人。作女很作却不自知，自以为智商是聪明人的 N 次方。其实，谁也不是傻子，只不过，真正聪明的女人都是大智慧，端庄、文雅，并不多言，对男人也没有猴急的时候，只会用爱情说话。

9. 有孩子才是真正的家

女人的事业是一生的事，生孩子不是事业的终结，有时还是事业的开始。

我在网上查资料，读到这样一段文字，感慨颇多。

女演员亚里克斯·金斯顿因在《急诊室的故事》中扮演冷静的英国外科医生伊丽莎白而给人留下了深刻印象。这位银幕中的医生在真实生活中却是个不幸的病人：她历尽艰辛，苦苦挣扎了四年才得到了一个宝贵的孩子。

“我和前夫（演员拉尔夫·费恩斯）三年来尝试怀个孩子，但是始终不能如愿。我当时并没有觉得是自己的生育问题在作祟，而是觉得时间没有算对而已。后来当我与他离婚又遇到后来的丈夫时，我想：之前是时间的问题，那么这次……我觉得自己会轻轻松松怀上孩子。但是过了好久仍然没有动静。于是我去做了腹镜检查，但是也没查出什么不正常。我的妹妹比我年龄小得多，她也有生育的问题，但是通过IVF得到了解决。我觉得这可能是我们家庭基因的某种影响。

“有时候对我来说身体与精神的结合才是最重要的。我听说一位名叫尼拉维·佩恩的女作者写了一本叫《全人生育计划》的书，里面描写了一些有可能会影响生育的情绪因素，于是我便去向她咨询，结果非常惊人。

“我内心深处原来有着深深的恐惧，我终于明白自己其实从心底里相当害怕生育。每次同尼拉维谈完话，我都会用掉半盒子面巾纸，而我丈夫也不会带我出去，因为我的脸都哭肿了。我知道这听起来可能很奇怪，但是我真的在和孩子的灵魂谈话，并且鼓励我的身体受孕。当我接受IVF的时候，我同我的卵子谈话并要她们留下来，我觉得结果真的不同了。”

“我内心深处原来有着深深的恐惧，我终于明白自己其实从心底里相当害怕生育。”这句话给了我深深地触动。

女人生孩子，原本是多么简单、自然的一件事，现在却变得那么复杂而又困难。如今科技发达，什么都能造出来，人类相信科技，甚至过分迷恋科技，以为晚点生孩子不要紧，应该先努力工作，为事业多奋斗几年。

专家建议，女人最好在25岁到30岁之间生第一个孩子。有人认为生孩子的事可以放在事业后面慢慢做，可是时间不等人，一旦错过了最佳生育时间，就没办法再找回来。

现在许多人还是抱有“女人一结婚，什么都完了”的观念，认为女人应该趁年轻的时候多花一些工夫搞事业，晚点生孩子对女人一生都有好处。

这个概念是错误的。女人的事业是一生的事，生孩子不是事业的终结，有时还是事业的开始。现代人的寿命远远长于古代人，在中国又大多是一家只生一个孩子，女人的负担远没有那么重，除生孩子、带孩子之外，还能腾出许多时间来做事业。

有了孩子，才是一个真正的家。

甘

有一天，我们可不可以如此幸福

幸福就是彼此喂糖吃，而不是一个人喂给另一个人。

好的生活，只一个人努力是不够的，婚姻亦如此。

1. 幸福就是彼此喂糖吃

幸福就是彼此喂糖吃，而不是一个人喂给另一个人。好的生活，只一个人努力是不够的，婚姻亦如此。

女孩糖果来信说，她跟男友生活在一起很不快乐，问我同居到底好不好。

我想说的是，同居这种事因人而异，不同的人会有不同的结果。有的青年男女原本憧憬着很美好的恋情，可一旦住在一起，就发现不对劲了。

女孩很爱那个男孩子，而对方呢，一开始可能还有一点点爱，渐渐地，那种爱就像冬天里的一杯热水，那一点点热气，在广漠寒冷里早就挥发光了。

那个男孩子现在是凭着惯性活着，昏天黑地地打游戏，为了省钱不让女孩出去，甚至周末女孩想去找一些不花钱的娱乐时，他也会问："车钱呢？"

我觉得这个男人真挺无耻的。他除了伸手问女孩要钱，还让她去帮自己交这费那费，把她当成"提款机"和"洗衣机"。

是的，他交了房子首付，日子过得有点紧巴，想省钱也是可以理解的，但最讨厌的是他那副对女友爱搭不理的样子。没钱也可以对女友好一点的啊，笑容不要钱吧？女友痛经的时候，帮她泡个热水袋不要钱吧？拉着她的手下楼散一会儿步，不会花掉一分钱吧？

你爱他，但你并不欠他什么，他凭什么就可以伤害你、怀疑你的人品、说你是一个"随便的"女人？凭什么他可以打电话、发短信、交朋友、玩游戏、出入自由，而你却生活得像一个囚犯？

我认为，结束这段"囚犯"式的生活，女孩会快乐许多。

人这一生中，总会经历一些徒劳无功的挣扎，或为事业，或为情感。那就走过这一段好了。

一个不是好男友的男人，将来更不会成为一个好丈夫，这不是长大不长大的问题。一个自私冷漠、只想自己的男人，是永远不会得到幸福的。

结束，也就意味着新生。

幸福就是彼此喂糖吃，而不是一个人喂给另一个人。好的生活，只一个人努力是不够的，婚姻亦如此。

2. 好的爱情是合适

好的爱情是合适，不合适的爱情是折磨、是毒药。

好的爱情是合适，不合适的爱情是折磨、是毒药。不适合待在一起的男人和女人，以我的观点，归纳起来有四种：

第一种，男人比女人年龄小很多，且不够成熟的，不适合在一起。

女人对年龄问题都比较敏感，如果女人比自己的男朋友年龄大，别人未必看得出来，但女人内心会有心理障碍，像个疙瘩似的，心里老想着这个问题。

都说年龄不是问题，但落到自己头上，年龄就成了一个大问题。女人都怕老，特别是在自己心爱的人面前，总希望自己是年轻漂亮的。大部分女比男大的情侣，女人都会情不自禁地操心这个，操心那个，感觉像对方的妈妈，也会因为年龄大了而不自信。

第二种，男人是个暴脾气、女人爱猜疑，这样的男女不适合在一起。

一般人都不会无缘无故地发脾气。有的女人不自信，很爱猜疑自己的另一半。在这个问题上，不妨大度一点，“疑人不用，用人不疑”。如果怀疑他就不要跟他在一起，真的跟了他，就要百分百地相信他，不要疑神疑鬼。

第三种，男人养家糊口成问题，女人压力过大，这样的男女也不适合在一起。

许多恋人或夫妻之间的问题，从表面看是感情问题，究其根源，其实还是经济问题。两人经济拮据，花起钱来就会矛盾重重。钱是导火索，争吵甚至动手，常常是因为钱的问题引起的。

第四种，气场不对的男女，不适合待在一起。

有的男女只要待在一起就会发生摩擦，不是吵就是打。但这个男人跟其他女人在一起就谈笑风生，什么事儿都没有。A 和 B 之间存在着神秘的、看不见的气场，恋爱初期一旦发现气场不对，最好速战速决、尽快分手。

3. 鸵鸟“煮夫”

经济独立才能受人尊敬，男女都一样。男人千万别以“煮夫”为借口来逃避自己应负的责任。

我在讲演现场曾接到过一张字条，是一位女士写的。她问我：“如果丈夫不工作，在家里专心当家庭妇男怎么办？我们最近为了这件事吵得很厉害，想听听你的意见。”

这种家庭状况，都是“煮夫”惹的祸。那位先生大学中文系毕业，不好好在单位上班，偏要自己在家编写教材教孩子。听起来挺时尚、挺前卫，但他却是在利用这种方式找理由“耗”在家里，有意逃避工作，逃避纷繁的人际关系，就像鸵鸟一样，以为躲起来，就可以万事大吉。

自己在家里教导孩子，很难教得好，成功的案例不多。大家都知道，对自己的亲骨肉很难下得了狠手，而教导孩子是需要一点铁面无私的精神的。

男人不工作，没有经济来源，连抽根烟的钱都要伸手问女人要，那滋味是不好受的。“煮夫”往往会吃力不讨好，又苦又累，还弄得自己很没地位，何苦呢？男人若没有任何技能，想要做“煮夫”，混日子，早晚会被人看不起。

有人说，国外还有许多男士待在家里不工作呢！事实恰恰相反——国外确实有一部分男人不需要上班，但他们绝不是不工作，他们只是把工作搬到了家里来做。我们都曾经看过的老美剧《成长的烦恼里》中，有一个“爸爸”好像就不用上班，但请注意：人家是一个心理医生，是在家上班。

男人当然要有一份属于自己的事业，“煮夫”早晚会被淘汰，上面案例中说的那位男士就很危险。做妻子的，最好跟他好好谈谈，把自己受不了他待在家里的理由直截了当地说给对方听，说服他出去工作。若他还是死都不肯出去工作，再想其他办法也不迟。

经济独立才能受人尊敬，男女都一样。男人千万别以“煮夫”为借口来逃避自己应负的责任。

4. 老婆饼里的爱

我拿起那盒饼，付了钱，说声“谢谢”后转身离开。那盒饼那么香，有着浓浓的爱情味道。

有一天，先生去办事，我们的汽车停在路边，我坐在车里等他。

当时是冬天，车窗外的行人哈着浓重的白色雾气，用厚重的围巾把自己裹成“粽子”，行色匆匆地急着赶路。这时，我发现停在我旁边的白色轿车里坐着一个女人，围着跟我同款的白色围巾，很安静地坐在那里，看样子也是在等人。

不一会儿，一位男士手里举着块炸糕，兴高采烈地一路小跑着向那白色轿车奔去。隔着车窗，我静静看着那对可爱的中年人共吃一块炸糕。

他们开车出来，就为了吃一块刚出锅的、热得烫嘴的红糖炸糕。我们车内正播放着沈庆的《青春》，那是一首好听的老歌："青春的花开花谢，让我疲惫却不后悔；四季的雨飞雪飞，让我心醉却不堪憔悴。淡淡的云、淡淡的泪，淡淡的年年岁岁……"眼前的一切，美丽得像一个童话。

一块炸糕，可能让他们回忆起青春年少时的滋味，相爱却不敢示人，羞涩的、悄悄的、带着强烈负罪感的爱情，经过漫长曲折的几年，他们还是走到了一起。此时他们已变成了中年人，终于可以放心大胆地相爱了，可他们想要一起做的事，只是开车到童年时常去的某个市场，买一块小炸糕，再一起分了吃。

他们坐在车里吃炸糕的样子，让人不能不相信爱情。

这种感觉，我在湖南时也曾有过一次。那年我在湖南做主持人，夜晚下了节目从电梯里出来，走在初冬微凉的马路上，心里想着，到哪儿去吃点东西？抬头看到一家店，在暗夜里亮着橘黄色的灯光。灯从梁柱顶端竖直垂下，一、二、三，一共有三支，很是漂亮整齐，温馨的灯光照亮了一对小夫妻的脸庞。

他俩看上去大约二十来岁的年纪，二人挨得很近，头挨着头，一起摆弄着什么。我走近一看，原来是"老婆饼"！

"赵老师，来一盒老婆饼吧，刚出锅的！"他俩大概经常看电视，认出了我。我点头说好，那夫妻俩就开始忙碌起来。一个拿盒子，另一个用夹子一块块地夹那刚出锅的饼。

“这老婆饼是你们自己做的？”

“是啊。”

“怎么想起来做这个？”

“她喜欢吃，一开始是做给她一个人吃的。”男人说这话的时候，悄悄瞥了老婆一眼。他老婆娇羞地低着头，并不曾抬头看他一眼，可那满满的爱都包在了饼中。

我拿起那盒饼，付了钱，说声“谢谢”后转身离开。那盒饼那么香，有着浓浓的爱情味道。

背后那橘黄色的灯光似乎一直照着我。我走在大马路上，两边的店铺似乎都重新亮起了灯，灯箱也亮了，每个店的店名都是一样的——小夫妻饼店。

5. 做被爱的小女人

> 你没办法改变别人，但是，你可以改变你自己。要让自己重生，重新变回一个“被爱的”女人。

有个女孩谈了四年恋爱，谈得满身伤口、身心俱疲。我们在网上交流，为保护她的个人隐私，我隐去了她谈话的部分，下面是我跟她说的话：

你的第一段相处四年的恋爱，为你打下了一个“爱情模式”，你一直没能从这个“模式”中走出来，一直在相似的情境中轮回，所以才会一错再错。

你的第一段感情特别让我感动。你一直在为他操心，他不好好学习，沉迷游戏，你像班主任一样管他、骂他，两个人为这些事吵架。在这段感情里，你扮演了一个“班主任”的角色，你是他的“班主任”、同学、好朋友，唯独不是他的“女朋友”。

女朋友怎么可以一直操心而没有享受呢？

女朋友怎么会感觉不到爱情的甜蜜，听上去就像个心力交瘁的妈妈呢？

女朋友不会撒娇反倒成天管头管脚，这样的女友哪个男的见了不想逃？

仔细分析一下，你是一个干练、聪明且有“管人欲”的女子。也许你小学的时候一直当班干部？这样的女孩不是不可爱，一开始甚至还会很吸引男孩，因为他们看见你，就会有莫名其妙的依赖心理，想要靠近你，“被”你管。你在他们眼里是年轻的成熟女子，简称“轻熟女”。你遇到的这三个男孩都是同一种类型：长得帅、家庭条件好，而且他们都比你小。

渴望被你管的，一定是这类男孩。但相处的日子久了，他们会感觉到你俩的爱情“不对味”。男人天生有大男人情结，他们内心深处都有一种控制欲，喜欢女人崇拜他们，温柔、服从，从外表到骨子里都是乖巧可爱的“小女人”。

“小女人”并不见得是指年龄，重要的是指状态。你要把你的状态调整好，恋爱交友不是求职任职，无须太过“强硬”。对男友指手画脚、动不动就批评他、说他这不好那不好，这样的关系肯定长不了。

谈恋爱不是带学生，要及时指出他的缺点，指导来、指导去。你为什么不找一个让你满意，挑不出太多毛病的男人呢？以我个人的恋爱经验来说，我看上的“他”就是一个没缺点的男人，百分百让我满意，看他哪儿哪儿都好，跟他待在一起就很舒服。

他对的也是对的、错的也是对的，反正我就欣赏他，喜欢他，跟定了他。

你没办法改变别人，但是，你可以改变你自己。要让自己重生，重新变回一个“被爱的”女人。

6. 不裸婚是对自己负责

不要相信“有爱就有一切”之类骗人的鬼话，爱情不能产生面包，而面包却可以滋养爱情。

《裸婚时代》这部电视剧给大众带来一个新鲜的名词：裸婚。裸婚是指一对男女非常相爱，但两手空空，一无所有，没房子、没车，也没存款，不具备结婚的条件，但就是急不可待地要结婚。好像这样的爱情才是真正的爱情，有房子、有车的爱情就受到了玷污一样。

站在女性的角度，我想分析一下“女孩为什么不该接受裸婚”这件事。如果我是你女朋友，我也不会接受“裸婚”的。虽然这个词听起来还挺时髦，但具体实施起来，还是有些困难。要知道，生活可不是演戏，电视剧剧本最重要的要素之一是：一件事连着一件事，节外生枝、无事生非；现实生活则正好相反，最好平安无事，天天平静如水，过着稳定安逸的生活。

女孩为什么不能接受“裸婚”？据我分析，原因有四：

其一，物质基础是婚姻稳定的定心丸。总有人喜欢在文章中夸大爱情的作用，说什么只要有爱，一切都是可以克服的。然而在现实社会中，那些争吵不休的婚姻，有75%以上是因为经济条件不好或没房子跟父母同住，才会生出无数是非。

钱不需要很多，但最好能衣食无忧，不必为基本生活发愁。在说“亲爱的，我爱你！”的同时，不必担心有人会突然闯进来，让你俩陷入尴尬的境地。

物质基础是婚姻和谐的定心丸，有了这颗“丸”再谈其他。

小两口如果经济上宽裕，生活的自由度就会很大。工作忙时，可请小时工到家里来做家务；不想做饭时，出去吃或者叫外卖，都是省时省力的好办法。

其二，结婚后不拖累父母，真正独立。“裸婚”怎么可能不拖累父母呢？“裸婚”分明就是把男方父母或女方父母当成一对羔羊来宰。“你们上辈子欠我的。我是你们的儿子，你们给我钱花、给我房子住都是应该的。”抱着这种想法，婚后小两口算是吃上爸妈了。

有些父母为给孩子买房付首付，倾其所有，拿出多年积蓄，全部投在了孩子的房子上，自己的生活水平下降了许多。中国的许多父母对于自己的生活水平都是不大在意的，他们过着相当节俭的生活，却从不抱怨。孩子就想当然地以为，自己并没有拖累父母，父母想要节俭，那是出于他们多年来养成的习惯。

真正有独立意识的年轻人，是不会选择“裸婚”的。他们在条件允许的情况下，才会考虑终身大事。电视剧《裸婚时代》中文章扮演的那个刘易扬，就是因为婚后没有属于自己的独立空间，才闹出后来那么多大大小小的麻烦事儿来。

其三，有良好的环境，相爱才可能长久。结婚不是一件容易的事。试想，如果一个男的整天被人追着要账，手机响个不停，他还能专心致志地爱老婆吗？如果整天过着提心吊胆的日子，哪还有心思亲热呢？

稳定的工作、衣食无忧的生活，这些都是爱情的必要条件。不要相信“有爱就有一切”之类骗人的鬼话，爱情不能产生面包，而面包却可以滋养爱情。

其四，结婚就得为生宝宝做好准备。我见过不少男人女人结婚，一开始都说得好好的，说什么没钱、没关系，暂时不要孩子，保证说到做到。可一旦真的结了婚，女方不慎怀上宝宝，没有几个舍得把头一个孩子做掉的。“裸婚”没钱的话，孩子生不生就成为一个大问题。要把孩子生下来，又得拖累爸妈，让他们贡献人力财力，两个人的事，再一次变成“全家总动员”。

不裸婚是对自己负责任的一种表现，从容体面的生活从来都是送给那些有准备的人。

7.“抠门”男友

要接受男友，就要从根本上接受他们一家人，接受他们本分实用的观念。有些问题，如果换一个角度想想，会有完全不同的结论。

小雪遇到了一个抠门男友，她很想跟男友分手，我劝她坚持跟对方好下去，不要想着分手的事、不要动摇。

小雪的男友和他的家人都是朴实无华的人，什么都讲究实用。要接受男友，就要从根本上接受他们一家人，接受他们本分实用的观念。有些问题，如果换一个角度想想，会有完全不同的结论。

小雪对男友家吃“剩菜剩饭”一直耿耿于怀。按照她的想法，我第一次上门就给我吃中午的剩饭剩菜，也太不把我当回事了吧？怎么着我也是第一次上门，怎么着我也是你们家未来的儿媳……结果就越想越气。男友家给小雪的第一印象很不好。

但是，同样一件事，换个角度来想想，也许就能想得通了。男友已经跟小雪谈了四个多月恋爱，他们家人常听他在家里提起“小雪、小雪”，从心里就已经把她当成了自己人。“自家人不用客套，赶上什么吃什么。”以他们家的方式，觉得这样更亲切、自然，没把她当外人。一顿饭只是小事，千万不要多联想。

小雪说：“我前几天去他家，买了点水果，他父亲就说，雪呀，以后不用买水果了，攒钱买家具吧！”

这话她听着不舒服。我倒觉得这位父亲说话挺直接的，不拐弯抹角，像小雪自己的爸爸在跟她说话一样。父母让孩子攒钱，是为他们的将来考虑，我个人认为，钱的事不能看得太重。钱多就多花、钱少就少花，家具没买齐，结婚后还可以慢慢买。现在东西更新换代很快，何必非要拼着老命置办齐整呢？只要两人感情好，日子就会过得很快乐。

女孩子有时要买点化妆品、新衣服，这是必要的，完全可以跟男友说清楚这件事，每月特批一点“私房钱”，不要跟他爸妈说。女孩子的零用花销是必要的，不必事事汇报。

总之，说男友小气也好，抠门也好，他是一个会过日子的男人，将来不会大手大脚，这一点很重要。夫妻二人中要有一个手紧的，家里才能存住钱。

要多看这个男人的优点，用宽容的心去包容他，对于他的家人头顶“节约”二字就能理解了。将来的小日子是跟丈夫过，公婆是不能跟着一辈子的，公婆年纪大了，一辈子节约惯了，他们的生活方式已经定型，小辈的没必要改变他们。

每一段感情，都有它好与不好的两面性。男友老实本分、勤俭持家，我认为还不错，最好能跟男友好好相处，将来日子一定能过好，千万别老打退堂鼓。

8. 降服“风流男子”

婚姻是门功课，每个女人都要努力用功，

才会获得高分。离婚很容易，保卫婚姻很难。

有个女孩26岁了，想要找一个有安全感的男人，可她恰恰找了一个风流又花心的男人。他曾经跟女孩说，至少有十个以上的女人曾经跟他“偶遇过”。

“遇到这种情况，我该怎么办呢？”女孩问我。

我觉得这种男人不适合做老公。他就像是湖面上的浮萍，东飘西荡、寻欢作乐；而她是一朵千年不变的莲花，眼睛里面只有他，只为他一个人开放。如果要劝她离开他，那只能倒回到从前，现在劝她离开他，似乎有些晚了，因为他们的孩子都已经3岁半了。

我不建议她跟老公离婚（虽然他很花心），但我也不会像有些婚恋专家那样，告诉她要“忍”，甚至说什么“婚后要睁一只眼、闭一只眼”，任由老公在外面胡来。

我有几点建议：从现在开始，你要行动起来，别光生气，要做一些事情，让老公收心。只有聪明的女子才能获得幸福婚姻，婚姻不是光有爱就够了的，要有头脑、多动脑筋。

现实生活中，爱一个人可不能“傻傻的”。“傻傻的”是不可能守住一份爱情，守住一个家的。在爱情方面，你要做一个“精明人”。

分析一下，他需要的是什么？比如他说你胸小，其实是在暗示，他对你俩之间的亲密之事不满意，你可以想一想如何改进自己。夫妻关系只要达到和谐的“亲密关系”，外人是很难攻打进来的。他只有在不满足的时候，才会去找什么女推销员、女业务员之类的女人。

一般来说，年轻时拈花惹草的男子，到了一定年龄，又有了孩子，就到了“收心”的时候。如果你对自己有信心，就配合老公一起“收心”。

在婚姻关系中，女人决不能孩子气，要有“管理欲”，要建立自己的威信，不能总占下风。女人要锤炼自己的定力，提升自己的魅力，想尽一切办法，抓住老公的心。比如说，你可以多跟老公聊聊孩子，说说宝宝有多可爱，将来让他选择怎样的生活等等。

要让老公觉得，你在他生活中很重要，你俩要有共同的未来。另外，做一个不猜疑的女人也很重要。就算有什么事，到你这儿都能统统化解掉。你只有一个目标，就是要做一个温柔的妻子。

婚姻是门功课，每个女人都要努力用功，才会获得高分。离婚很容易，保卫婚姻很难。把孩子爸牢牢拴在身边，让他做个好丈夫，才是一件有积极意义的难事。

我估计他也该“收心”了，因为荒唐久了，人也该累了。回头是岸，还是家里好。

9. “耙耙”和“匣匣”

有计划地挣钱、存钱、花钱，不冲动、不跟风、不比排场，这样日子才能过得细水长流、平安稳定。

不少女人花钱大手大脚，特别喜欢买衣服，有的女人见了漂亮衣服就走不动路，不管多少钱，只要看上了，多贵也要买下来。

有计划、有节制的购物方式，是每个女人都要对自己做的“自我训练”。不论挣钱多少，培养良好的消费习惯，都会一生受益。

A 小姐是个单身女子，在花钱方面总是抱定“自己挣钱自己花”的宗旨，每一季都要去购物中心购买最贵的衣服。工作几年下来，虽然她每月的薪水很高，却是个到月底就到处借钱的“月光族”，公司里的人都像躲避瘟疫一样躲避她。

A 小姐喜欢公司里的一名男同事小孙，可小孙却总躲着 A 小姐。有好事者探问小孙原因，小孙说，A 漂亮是漂亮，就是太能花钱了，将来娶了她可养不起！

A 小姐知道了这件事，发誓要改掉乱花钱的毛病。后来两人好上了，A 小姐才知道这是一计。小孙为了让她改掉毛病，故意远离她，让她反省自己。

单身女子“月光族”，许多男人嘴上不说，心里还是怕怕的，害怕惹上个会花钱的“漏兜子”，有多少银两全都让她“漏”光了。

我曾听过一个地方方言，觉得挺有意思。他们那个地方管男人叫“耙耙”，女人叫“匣匣”。

“耙耙”，顾名思义，就是拿着个耙子到处耙，往家挣东西；“匣匣”更好理解，就是要做一个不漏底的大箱子，把丈夫挣回来的银两全都保存好。

俗话说得好：吃不穷，花不穷，算计不到才会穷。

有计划地挣钱、存钱、花钱，不冲动、不跟风、不比排场，这样日子才能过得细水长流、平安稳定。

10. 绕开职场的“花花事”

职场男女出差途中的风流韵事大都是可以避免的，关键看你想不想绕开那些花花事。

有个叫米的男子和女上司有点尴尬，他问：“职场男女怎样避开花花事？”

米的苦恼，相信许多职场男女都曾经遇到过。我想说的是，既然这件事过去了，就不必跟女友再谈起此事，“和盘托出”更是没有必要。因为说出来也无法改变什么，只会让事情变得更糟。以后尽量避免这类事情发生，才是一个男人应有的、负责任的态度。

如何避免出差途中的风流韵事？不妨试试以下几个方法：

方法一：秀恩爱。一男一女一起出差，脱离了原有的生活轨迹，感觉很自由、很新鲜，有时难免会产生想要亲近一下的念头，这很自然。在这种情况下，如果你不想发生什么，可以采取“大秀恩爱”的方法，时不时谈谈自己的伴侣，关键时刻还可以当着对方的面，给伴侣打一个电话。用行动告诉自己的女上司，你和女友关系很好，打消她的非分之想。

方法二：不喝酒。许多旅途中的风流韵事都是在酒后发生的。如果你不想惹麻烦，就尽量少喝酒。米在信中说自己和女上司左一杯、右一杯，这就给对方一种误导，好像是在说“今夜一醉方休”，后面的事也就顺理成章了。如果你没有“投怀送抱”的心理，在这种场合就应该尽量少喝酒。

方法三：谢绝夜聊。夜晚的应酬之后，如果对方还意犹未尽，想要到你房间再聊聊，这时一定要巧妙拒绝，尽量不要让对方进入你房间。一男一女在异地他乡，会出什么事，成熟男女心里都跟明镜似的。不想出事，就把对方挡在房门外吧。

方法四：拔下电话线去洗澡。晚上应酬完回到房间，尽快拔断房间里的电话线，然后慢悠悠地去洗个热水澡。在这段时间，如果对方找你，电话响个不停，但你一直不接，对方也就明白了是什么意思，一般不会坚持太久，该放手时，对方也就放手了。

职场男女出差途中的风流韵事大都是可以避免的，关键看你想不想绕开那些花花事。

懂

爱的本味是两个人彼此懂得

有一种懂叫作理解，有一种懂叫作忍让，有一种懂叫作成全。

懂是一种放手，而不是拥有。

懂你，懂我，彼此懂得。

1. 要有一颗感受幸福的心

幸福像小雨，是一种渗入皮肤的感觉，
而女人，首先要有一颗感受幸福的心。

网名叫“安安小公主”的人给我写来这样一封电子邮件，说她有一个还不错的男友，朋友对她还算呵护，人也不错，但安安就是觉得不幸福。

安安现在是得了“公主病”，处于急需调整的状态。她和男友之间的关系是可以挽回的，要想让事情往好的方向发展，要看她怎么做。

我不想评价安安跟男友之间谁对谁错，只想告诉她，根据我的经验，有哪几种女人一辈子都不容易获得幸福。

第一种，有优越感的女人。

女方家里条件比男方好，自觉是公主下嫁给对方，即使是爱，也是带施舍意味的。心里总是愤愤不平，说出来的话如刀子般伤人。安安和男友之间就是这样。或许她并不在意，有些话没过大脑就说出来了，但话里话外却会在不经意间伤到对方。而男友跟另一个女人——也就是安安在来信中提到的一个“女主管”——在一起时，安安的男友会感到平等和轻松，这就是他喜欢跟那个女人在一起的原因。

第二种，爱唠叨的女人。

爱唠叨的人大都对现状有着强烈的不满情绪。情绪是可以传染的，你唠唠叨叨不开心时，你的另一半就会被传染，甚至加倍地不开心。男人并没有我们想象得那么坚强，他们很容易受到影响。他们中有许多人相当情绪化，不会自我调节情绪，靠近快乐，他就会变得很快乐；靠近一个爱唠叨的人，他就会变得很郁闷。

第三种，像妈一样，越权操心的女人。

安安总是操心男友和女主管之间的事，竟然会想到，出事怎么办呀，万一怀孕怎么办啊。这种做法太奇怪了，这是他母亲应该操心的事。安安跟男友是男女朋友关系，不是母子。做女人一定要有定力，要像磁石一样吸引着男人，让他围着自己转，而不是查他、管他、跟踪他。

第四种，把男友看成“私有财产”的女人。

安安信中有一句话让人印象深刻，“我一手调教出来的男人”如何如何。他们交往七年，可能在许多方面安安都帮过他，但却不能把他看成自己的私有财产，即使结了婚，夫妻双方也都是独立和平等的。“一手调教”这种话会让男人感到压力，好像他是附属品一样。男人自尊心都很强，特别是人格方面，千万伤不得。

第五种，比钱、比富的女人。

安安在信中说，自己的家条件不比情敌家差。这点我相信，但那个女人说要带他创业，“创业”两个字特别吸引他。说穿了，那个女人激发了他的创业热情，让他感觉到了自我价值。那个女人很会鼓励他，而安安却一味地打击他，他会往哪边跑，明眼人自然是一目了然。

不要跟任何人比富、比钱，靠金钱吸引来的爱情绝对长不了。要多鼓励男友，让他有梦想。比如他说要在深圳买房买车，这都是好事，千万别再打击他，即使是知道他做不到，也应以鼓励为主。

幸福像小雨，是一种渗入皮肤的感觉，而女人，首先要有一颗感受幸福的心。

2. 爱，不能将就

你俩不是一条道上的人，却上了一条船。这条船原地打转，不停地晃动，根本走不远。不如早些下船，到岸边静心等待那个“同一条道上的”人出现。

赵凝老师：

您好！

我来自湖南，以前就喜欢收听您主持的电台节目《闻到夜来香》，今年还在卓越网上买了您的好多书。我对自己的感情一直深感不安、犹豫不决，希望在您的书里面找到指导方向。

我一直相信，最了解我的人就是我自己，感情的事只有自己最清楚，从别人的故事里可以悟出自己的人生。但是别人的故事永远不可能和我自己的一样，因此，我还是忍不住要打扰您，给您讲讲我的矛盾，希望能得到您的提点。

谢谢您能在百忙之中看我的故事。

我是在读大一的时候认识我老公的，他那时候读大二。那时候我觉得他人蛮帅的，又透着些忧郁，通过几天的相处，我就被他吸引了，回到学校后一星期，我就对他表白了，告诉他我喜欢他。他也对我有好感，我们就开始交往了。

刚开始那年，我对他很好，很喜欢他，每天煲电话粥，把他当作白马王子。我活在自己的爱情童话故事里，看不到他任何缺点，恨不得立刻嫁给他。可两年后，我就觉得自己没那么喜欢他了，开始发现他的不足，心里经常想到分手，只是舍不得这段感情，舍不得丢掉彼此纯真的初恋。

他家境不错，在比较好的环境中长大，不太爱想事，综合能力不强。他说话做事都不能令我欣赏，上大学的时候天天玩游戏，毕业后也没找到好工作。我和他闹过两次分手，一次是我喜欢上了我做兼职的学校里的一个老师，我还和对方交往了一段，但是后来知道对方已经结婚了，便离开他又回到我老公身边。另一次是毕业后，我上班的公司中有人追求我，我又觉得那人还不错，又跟那人交往了一段。后来觉得那人挺俗气，就又回到了我老公身边。

和我老公交往五年，我只有开始一年是全心全意喜欢他的，后来觉得他不够好，我都没怎么把他放在心里，有种骑驴找马的感觉。可他一直都是全心全意喜欢我的，那两次我跟别人谈恋爱时都和他分手了，后来又回去找他，他都还对我挺好的，愿意和我结婚。我觉得他可能是天底下对我最真心的人了，虽然他能力不怎么样，但是家境还可以，过日子应该没问题。嫁给最爱自己的人也挺好的，我便和他领了结婚证。

婚后，我们在广东打工，婆婆在家里帮我们买了房子，我们自己还月供。

婆婆为人很好也很开明，给我们办喜酒。但是我的心老是不踏实，没有认定他，结婚后，我也没想要孩子。我觉得自己跟他在一起挺委屈的。我是个开朗自信、乐观活泼的人，皮肤和身材都挺好，很多人都不相信我结婚了。

我本科英语系毕业，我爱学习新东西充实自己，正在自学日语，平时有空也会学瑜伽和肚皮舞。

我追求高品质的生活，比较受大家喜欢，也蛮有异性缘。后来有个男孩子喜欢我，我对他也不反感，背着老公出轨了。我不喜欢太平淡的日子，觉得那样的生活没有意思。不过现在那个男孩子没什么吸引我的，我已经不和他来往了。我现在又和一个有妇之夫好上了，当然是瞒着我老公的。我这样做，从道德上很对不起我老公，但我从内心里就不怎么尊重他，居然没有很内疚。

我真的很希望有个能抓住自己心的老公。

我想和我老公离婚的原因很多，最主要的是他能力不强，不会挣钱。他毕业4年了，做过很多工作，月薪从来没有超过2000元，经常换工作。他有时候会一个月都不上班，天天玩游戏，又不多学点东西。他老说打工挣不到钱，以后有机会要回家做投资挣钱。最近他找了份稳定的工作，月薪2000元。他没有什么坏习惯，也不乱花钱，挣钱不多，但是随便我怎么花，这是他的优点。我和他在一起都不去想未来会怎样，如果不是他家里帮我们买了房，我们可能早就已经吵得不可开交了。

每个月，我都会买自己喜欢的衣服、吃自己想吃的东西，每个月要还月供1300元，基本就是月光族。看着身边同学的老公都那么能挣钱，过着比自己悠闲的生活，我心里挺不平衡的。我偶尔会跟我同事提起我老公，她们都觉得，凭我的条件，应该找个比他强很多的老公。没和他结婚之前，我每个月至少可以存1500元，现在两个人在一起，生活反而比不上以前了。

有他只是有个伴。我经常在他面前埋怨，说他挣钱太少了，我好想辞职做全职太太。像现在这样，有了孩子都养不起啊。在他的意识里，男人是不应该养女人的。他老说男女平等，女人要自己养自己。我是个思想和经济都很独立的女人，但是也期望老公能有那份能力和心意。

另外，他身体不太好。他长得挺高的，但是很瘦，气色也不好，很苍白，看上去没精气神。他在大学和我恋爱的时候得过肺结核，治疗的时候我一直陪着他，现在治好了，但是肺部留下了钙化阴影，有复发的可能。我一想到以后他的病复发就觉得很恐怖，心里一直很担心。

在他身边，我感觉得不到男人味，没有那种厚实的、温暖的、可以依靠的感觉。他只要稍微让我不开心，我就很想离婚。他平时在生活小事上都很听我的话，生活中大部分事都是我拿主意。我有时觉得，这样好累，什么都要靠我自己去想，我好想做个可以依靠别人的小女人。

我甚至不喜欢带他去见我的朋友，觉得有他这样的老公，真是挺没面子的。

我在要不要离婚的问题上已经徘徊了半年了，如果重新来过，我一定不会和他结婚的。唉！都怪自己当初贪恋他对我的真心。

您说过，男人需要仰视，好的婚姻一定是源于女人对男人长久的佩服和仰慕。可是我对我老公根本一点佩服和仰慕都没有。他只是没有坏习惯，对我真心但并不体贴，不懂得如何疼爱老婆。我不坚决离婚，是觉得凑合着也能过日子。

上个月我跟他提离婚，他不答应，说就算离婚，家里的房子也不会分给我一分钱的，因为我没出钱，他也没钱给我，不可能向家里拿钱给我。我跟我父母说了我要离婚的事，我父母本来就不太喜欢他，我爸爸同意了，我妈妈觉得离婚对女孩子不好，何况我年纪也不小了，不同意。他没有爸爸，他妈妈对我很好，我不忍心伤害他妈妈，觉得离婚好难，我现在没再提过。

我想和他离婚还有一个原因，我想追求梦想中的生活。

我想去每个我喜欢的城市生活一段时间，我想要自由，用自己结婚前的积蓄去学日语，学瑜伽再当教练。可是和他在一起，这些都不可能实现。只要想想以后要跟他生孩子，然后过着毫无期盼的生活，我就觉得接受不了。

不知不觉就跟您说了这么多。我是想说得详细一点，让您了解多一点，可以得到您的指导。我每天都在被要不要离婚的问题折磨着。

真心期盼您的回复！

夏日楚楚

夏日楚楚：

你好！

你的坦诚让我很感动。你把什么都告诉我了，甚至不隐瞒自己的缺点，以及瞒着老公结识的两名男子。这些事虽然在城市里并不罕见，但你能毫不隐瞒地说出来，我觉得你很勇敢。

我先亮出我的观点，我是支持你离婚的。

婚姻有很多种模式，都可以过得很幸福。比如说男人很博学，什么都懂，他身边的女孩子都喜欢跟他聊天，他有一种天然的磁场能吸引你，让你有种晕乎乎的感觉，情不自禁地想要靠近他。跟这样的男人做夫妻，会很长久，因为精神的力量是无穷的。

运动型的男生也很招女人喜欢。不少女人喜欢跟自己差别大的男性交往，高大健壮、有阳光味道的男生，一般性格较好，有安全感。跟他们待在一块儿，女人自然就有种“小鸟依人”的感觉。

商场精英、会赚钱的男人，是目前比较抢手的老公类型。他们很会做生意，赚钱就像玩一样。做他们的老婆，不必辛苦去上班，可以像你想象的那样，学学日语、练练瑜伽、跳跳肚皮舞。

对比你老公，他显然一条也不符。你俩不是一条道上的人，却上了一条船。这条船原地打转，不停地晃动，根本走不远。不如早些下船，到岸边静心等待那个“同一条道上的”人出现。

机会就像停泊在岸上的许多只船，放弃其中一只，也许会找到更好的一只。爱，不能将就。人生苦短，何不大胆尝试？

3. 和谐是婚姻中的蜜糖

高质量的婚姻有一种千金不换的甜蜜氛围，夫妻间是相互欣赏的、喜欢的、相融的，有钱没钱都有相爱的“气氛”。

我的小说《有毒的婚姻》一出版就引起轩然大波。婚姻似乎被重新定义了，所到之处随时可以听到这种议论：“婚姻是……有毒的嘛，赵凝说的。”

我一直是不相信“坟墓派”的，对那种所谓“结婚是爱情的坟墓”的说法并不赞同。我始终相信有蜜糖式的婚姻，甜蜜而安静，可以共度时光。

我喜欢这样的一句广告语：“美钻之地，流金之所。”这好像是一处高级住宅的宣传语，但这句话放到家庭中，也同样适用。

在写过大量的爱情婚姻小说之后，我依然相信爱情，相信温馨和谐的男女关系。

“毒药”就是狭窄、目光短浅、高度自私；“蜜糖”就是宽容、大度、和谐，懂得欣赏对方。

我见过太多“毒药”式的婚姻，男人和女人相互抱怨，眼泪、争吵，甚至动拳头。女人说男人有夸大妄想症，异想天开、不切实际；男人似乎对女人也恨之入骨，说对方是极端自私自利的人，做人太贪，对钱看得太重。这样的一对男女经常吵架，十年过去了，他们却并没有分开。

我觉得他们还不如早早分开的好。在争吵中度日的婚姻，就是“有毒的婚姻”。我并不觉得《激情燃烧的岁月》里的那对夫妻是什么“生死相依的爱情”，那不是爱情，是勉强和不合适，是凑合，是对生活最大的不负责任。

张学友有一首歌，大意是：两个人太相爱，反而不能在一起。我觉得应该改成：两个自私的人不能在一起。如果有人一心想改造对方，把自己的想法强加于对方，用世俗的眼光来衡量对方，那么，他们的婚姻一定很别扭难受。困在难受的婚姻里，就像在一片无休止的噪音之中，到处都是责骂的嘴脸，不停地说啊说的，说得天昏地暗，生活毫无乐趣可言。

高质量的婚姻，不是要有多少钱、住多漂亮的房子、开多豪华的车，高质量的婚姻有一种千金不换的甜蜜氛围，夫妻间是相互欣赏的、喜欢的、相融的，有钱没钱都有相爱的“气氛”。气氛不好的家，就是墙上贴满了100元的人民币，也如牢笼一般；气氛和谐的家，即使白白的四面墙壁，也像生活在蜜糖之中。

生命是一次愉快的旅行，没人愿意每天有人在耳旁唠唠叨叨、说着刺耳的话。如果我是《激情燃烧的岁月》里的褚琴，我决不会忍受那场“不合适”的婚姻。那种在无休无止争吵中度日的婚姻，就让它结束在昨天吧，希望那只是上一代人的故事。

4. 不要和陌生人说话

信任不是轻信，信任来自长久的考验，而非所谓的一见钟情。

21 岁的小清有一个 8 个月大的孩子，是个男孩。丈夫外出打工，她在家里带孩子，守着婆婆过日子，日子过得有些闷。她用手机上网聊天，遇见一个名叫“爱情杀手”的男子，两人每日聊，颇聊得来。

“杀手”每日嘘寒问暖，让小清产生了好感，两人很快就见了面。并不像别人说的那样，网友见面会“见光死”，他俩不仅没有见光死，而且关系发展神速。

一天，小清在网上跟“杀手”说，她跟婆婆又吵架了，心情很不好。“杀手”就说，你带孩子出来玩吧，我带你去个地方散散心。“杀手”带小清去了山东，其实他们已在山东那边找好买家，要拐卖小清的孩子。可小清却信任他，那人说把孩子在别人家寄养几天，他俩出去玩一圈，回来再找孩子。

小清信了他的话，结果孩子丢了。

这是一个真实的故事，我看后觉得很吃惊，如此麻木幼稚的年轻妈妈，即使在虚构的剧情里都很难找到。

这个故事并不复杂，只是那年轻妈妈被感情冲昏头脑，以为那个男人真的很爱她。如果小清对那名男子没动感情的话，孩子是绝对不会被人骗走的。

女性上网聊天，最好不要暴露自己的真实信息，要保护好自己。在网络上终日游荡着怀有各种目的的男人，网络把他们训练得很油滑，他们深知女性喜欢什么，缺什么，好哪一口。有的男人专门在网上寻找有钱的离婚女性，以交友为由接近她们，取得信任后找各种各样的理由向她们借钱，而且数目越来越大。因为他们深知，为了感情，女人是舍得付出的。

信任不是轻信，信任来自长久的考验，而非所谓的一见钟情。

5. 无缘相守，就微笑别离

这样的男人，分手对你来说是一种解脱，你该放串鞭炮庆贺才对。

你偶然间发现了他的秘密，他的博客里加着一个小小的头像，你点进去，在里面找到了一个女人。女人说，幸福啊，我近来好幸福！你知道这幸福是哪儿来的，是他在你这边降了温，去点燃了另一堆火。

女人是嫉妒的。嫉妒就像一堆干烈的柴火，一点就着。你想起一年来的全部付出，时间、体力、金钱，还有全部的情感，一瞬间全都化为泡影，你有一种被欺骗的感觉。

你一整夜都在看那个点击率只有几十的博客。看她的文字、看她的相片，看她在完全不知情的情况下，自以为简单的爱情。

眼泪就噙在你的眼里，几次都要掉下来，但你强忍住了。

女人比男人更长情。你想起当初他是如何主动接近你的，一天十几条短信，甜言蜜语信手拈来；现在却态度冷淡，说话的口气硬得吓人，说不到三句话，两人就会呛起来。

对于心已走的男人，强求是没有用的，不如大大方方地让他走。有一种男人，爱情注定不会长久，他总是轰轰烈烈地开始，然后，他身上的毛病一样样地暴露出来，比如说过于自恋、眼高手低、没有行动能力，再比如不学无术、目光短浅、走到哪儿吹到哪儿，是个典型的口头革命派。这些毛病都让你嫌弃他，怀疑他的能力，分手是迟早的事。

如果他是个只说不做的男人，如果他是个经济上不能独立的男人，一天两天可以，日子久了，早晚会被人识破。他要离开，你该高兴才对。你对于他的依赖早就烦透了，他是“伸手要钱派”，总说“暂时困难”。一年过去了，他的难关还没有渡过去，你的生活也因他而变得支离破碎，总担心他又要伸手要什么……

这样的男人，分手对你来说是一种解脱，你该放串鞭炮庆贺才对。

6. 独处的清幽

喜欢独处时的清幽、笃定、欢喜。
独处的清幽，是最好的增值期。

费里尼说，独处是种特别的能力。我向来羡慕那些拥有内在资源，可以享受独处的人，因为独处给你一个独立空间，一份自由，这些是人们嘴上喊“要”，实际上却害怕的东西。

人生在世，没有什么比独处更让人惧怕的了。他们害怕寂静无声，害怕那种剩下自己一人，要与自我的思绪及长篇内心独白独处时的静默。

我长期写作，喜欢独处时的清幽、笃定、欢喜。一个人进入创作状态后，那种快乐是别人无法想象的。深夜起床，泡一杯咖啡，关掉手机，书房里弥漫着咖啡的香气，我开始写作。天空在外面独自黑着，而我心中明亮，跟着小说的主人公一起呼吸奔跑，爱恨情仇，一切尽在掌握。

有时在微博上闲逛，评评热门电视剧，说一两句好玩的话，会感觉许多人是聚集在一起的。我工作大部分在电脑上完成，寂寞有时还是有的，如果头一天夜里完成了许多字，第二天就可以睡一个饱饱的懒觉，睡到自然醒，然后满脸流油，油汪汪地醒来，感觉无比幸福。

晴朗的时光，觉得坐在书桌前写作实在是可惜了。秋天的北京很美，路边的树叶变得黄灿灿的。坐在车里看那移动的风景，如同看着光阴在慢慢向后移动，过去的人和事会慢慢浮现在眼前。

看我喜欢的城市，去我喜欢的地方。独处是一个人的天堂，在拥有三千万人口的北京，想要静一静也是不易的。许多的演出、饭局、话剧、小剧场、聚会、发布会，爱凑热闹的人在写作这一行往往很难出成绩，因为时间很容易被当成零花钱，七零八落地给花掉。

独处的清幽，是最好的增值期。

在黑夜里，我总是坐在电脑旁。独处是种特别的能力，我很庆幸自己拥有这种能力。写作，从来不知疲倦；写作，从来都很兴奋。每个夜晚都被我像珍珠一样珍惜。我总是在想，我要对得起夜晚的好时光。夜那么长，那么静，咖啡那么香，从秋天到冬天，电脑淡蓝色的页面等着我去填满；时间静止不动，而我书中的人物，在一天天成长……

7. 这个世界还是温暖的

掀开一点窗帘，看到夜空里有一颗明亮的孤星，与我心心相印。

这世界还是温暖的，至少还可以听歌，还可以抬头望星星。

深夜写作时，在微博上第一次听到中岛美嘉的歌。我愣了一下，因为歌名叫《曾经我也想过一了百了》，这样决绝的歌名，让人心中不禁一颤。中岛美嘉说，她收到这首歌的时候，感到非常惊讶，并泪流不止。

歌中唱道："曾经我也想过一了百了，是因为还没遇见到你，像你这样的人存在这世界上，让我稍微地对这个世界感到喜欢。"

每个人都有低迷苦闷的时候，事业不顺、情感受挫、恋人离去、父母离世……人活在世上，这种种问题逃避不了。深夜拿起电话，却不知道该打给谁，只听到里面悠长空旷的“嘟嘟”声，电话线仿佛通往白雪皑皑的旷野。

我在湖南广播电台曾经做了三年情感节目主持人，也接到过失恋女子的绝望电话。男朋友有了新欢，抛弃了她，她气不过，想要割腕自杀，临死前给我打了个电话。

这样的情况三年中我遇到过三次，其中一次是有个失恋女子想跳湘江二桥，站在桥上拿着手机给我打电话，情况非常紧急。她说只信任我。我那天不知跟她说了些什么，总之把她劝住了，我心里也松了一口气。

那天夜里，我彻底未眠，帮别人渡过了难关，自己却难过起来。每天每夜的守候，坐在麦克风前，说那么多话、做那么多节目，音乐声如海浪此起彼伏，可我心里还是觉得空。

掀开一点窗帘，看到夜空里有一颗明亮的孤星，与我心心相印。

这世界还是温暖的，至少还可以听歌，还可以抬头望星星。

8. 我值得你温柔相拥

当我还是个小姑娘的时候，就盼着你能
骑着白马而来。我们偶然相遇，却一见倾心。

当我还是个小姑娘的时候，就盼着你能骑着白马而来。我们偶然相遇，却一见倾心。你发起了排山倒海般的攻势，电话里传来你好听的声音，你是杭州人，声音中有种别样的温柔。

我们一起散步，灯影里的两个人靠得那样近。当年我们还当兵，穿着军装在长安街散步也成了一景。我们一起看电影，电影的内容早就忘记，只记得你当时穿的浅灰色羊毛衫上洒了一小片可乐，久久未干。

那时年轻，骑车畅游十里长街，根本不在话下。十二年前，我们有了自己的轿车，那是当时全院第一辆私家车，停在那里，闪闪发光，那是我们的骄傲。我们有个温暖的家。一套复式的大房子，被我们一点点精心布置，一个茶碗、一盆小花，都有着幸福的痕迹。

知足、感恩，上天对我足够好。

你开车带我去了许多地方，看着北京渐渐长高长大。

北京的夜景如梦如幻，高楼耸立，像行走在梦境里。我从后视镜里，依旧能看得见当初那个骑车的少年，他骑着车追随着时间的脚步，奋力地蹬着脚踏板，他逐渐变大变强，变成一个丈夫和一位父亲。

我俩是一起成长起来的，我们小心地呵护着这个家。这些年，我们一起经历了许多事，身边的朋友分分合合，当年爱得死去活来的小夫妻如今多已劳燕分飞，我们是硕果仅存的一对。我们一直都很相爱，从一开始就认定了，结婚是一辈子的事，我们从不动摇，也不随波逐流。

灯火阑珊处，我看到一个人朝我走来，他还是那么年轻，有着篮球运动员的身材。他乐观开朗，说儿子像童年时的他；他对孩子要求严格，像带兵打仗；他事业有成，并一直支持我写作，尊重我的工作……

这些年，我从没停下过奋斗的脚步，我取得了一点小成就，只为对你说一声：

亲爱的，我值得你温柔相拥！

真

美好的入梦时光

满目金黄色的法国梧桐，诉说着季节变换，告诉人们“秋来了”“秋来了”。可这秋天真的很短，短得有时还来不及拿起照相机拍下那些美景，秋就已匆匆忙忙溜走了。

1. 母亲的小花袄

母亲的剪刀在布面上游走，我和妹妹在旁边看得入神。不知道新衣到底会是什么样，未来又会是什么样。

20 世纪 70 年代的北京，冬天很冷，我和妹妹那时都上小学，穿得鼓鼓囊囊，背着小书包上学。小花棉袄和棉袄罩衫都是妈妈亲手做的。我妈是大医院的眼科医生，工作非常忙，但孩子的衣服都由她亲手做。

说起做棉袄罩衫，那可是个大工程。妈妈先带我们两个女孩去逛商场，去西单商场或王府井百货，那里有琳琅满目的花布，都带有雪片一样极美的白色花边。我妈擅长“服装设计”，她会在领边袖口处点缀上花边，每件衣服都要设计出新花样。

花布给我的印象，让我一辈子难忘。那时的柜台对小孩子来说有一点高，我和妹妹总是仰着头往上看，用鼻子闻着每一匹新布散发出的香味。妈妈挑选花布时就像在挑选艺术品，她对图案很挑剔。有一些花布通常是竖着摆放在售货员身后的货架上的，从侧面只能看个大概。挑剔的顾客通常用手指指点点，请售货员把左边第三匹、第四匹花布拿下来细看。

售货员心情好的时候，会很乐意拿；心情不好的时候，也会拖拖拉拉、心不在焉。

我妈会说："把那块有大朵梅花的布拿下来，我看一下。"

售货员嘟着嘴，明显有些不高兴，说："你已经看了三块了。"

我妈感觉不到这些，她兴冲冲地看着那块布。大朵大朵的梅花儿开得红艳艳的，底色是乳白色的，红白对比，甚是好看。我妈说："行了，就它了！"然后就又开始挑选第二块。

不知为何，她挑选棉袄罩衫的花布，给我挑的那件，颜色总是要鲜艳些、跳跃些，而给我妹妹买的那些颜色却相对素雅、模糊些。

我妹妹现在生活在美国，大概是儿时打下的烙印，她现在的衣服跟小时候一样，都很素雅，绝不出挑。她喜欢静静的美，不动声色，模糊雅致；而我则喜欢物色鲜明、对比清晰的东西。

选好布料，就要开始做衣服了。小孩子长得快，年年都要测量身体。冬日，正午时分，阳光透过方正的玻璃窗照射进来，照在两个孩子的身上、脸上，我们像竹节一样，正一节节快速地长高。阳光照在我们身上，我们似乎又长高了一些。

母亲拿着软皮尺，围着我和妹妹转，眼神专注，口吻严厉：“两个小东西，都给我站好了！把手抬起来，伸平！”

母亲做了个示范动作，像在做广播体操。我和妹妹也跟着学，相互打闹着，笑得不行。母亲量得歪七扭八，厉声喝住，让我们别闹。于是，我和妹妹站直了身、伸平了手，犹如两个年纪幼小的士兵。

纸样、剪刀、画粉，这几样东西整整齐齐地摆在方桌上。母亲量好尺寸，利索地把花布平铺在桌上，开始拿纸样比画着在布上画线。

母亲的剪刀在布面上游走，我和妹妹在旁边看得入神。不知道新衣到底会是什么样，未来又会是什么样。

漫长的岁月，晃晃悠悠地，被那把神奇的剪刀裁剪成五彩缤纷的小花袄，跟我们一起，慢慢成长……

2. 开在月光下的花

妹妹绣的花进入了我的梦，花儿一朵接一朵地在月光下竞相开放，就像一张张小脸迎着月光。

朋友送我一本书，是一个台湾女作家写的。在书中，她说自己很喜欢踏缝纫机，正好我也很喜欢。小时候，我看妈妈用纸样设计“上海时装”，用划粉在布料上画线，然后下剪，锋利的刀刃走在簇新的布面上，咯吱、咯吱，发出好听的声响。

妈妈踩缝纫机踩得一等的好。她为我和妹妹做连衣裙，没少花心思。等我稍微长大一点，我妈妈也教我踩缝纫机，第一课是从做鞋垫开始的。

妈妈认为，可以用做鞋垫的方法训练孩子踩缝纫机，这是她在实践中发明的妙法。做鞋垫不需要针法特别好，我和妹妹一开始踩缝纫机，针法都是毛巾式的。由于上下针用力不稳，面上的白线松松的，好像一圈一圈的毛巾线。我妈说多用力踩几圈就稳了，所以要先拿鞋垫练练，然后才能做衣服。

我和妹妹苦练童子功，直练得缝纫机皮带都断了，还要换上皮带接着练。经过勤学苦练，我们也都算练得了一身真功夫。很快地，妈妈给我们做裙子，我们就给洋娃娃做裙子。那时没有平板电脑，没有手机，但那时的小姑娘也很快乐。

我妈妈是眼科医生，名牌大学毕业，很有才华。除给人看病外，她业余时间喜欢做衣服，还喜欢绣花。她不绣梅花、不绣菊花，也不绣牡丹，她是江南女子，可能是对小桥流水见得太多了，对那些一点也不喜欢。她喜欢绣大气磅礴的毛主席诗词《沁园春·雪》。绣那种装饰画很难，因为毛主席的字是气势磅礴的狂草，笔体自由奔放，不好找墨迹的着力点。

妈妈说，这有何难！她做衣服一向是要用纸样的，绣字也是同样的道理。她先用毛笔描写主席那些字，然后用剪刀剪出字形，贴在刺绣用的网格布上，然后就开始一针一线地绣起来。

妈妈她白天绣、晚上绣，开着收音机边听《白毛女》边绣，守着炉灶边炖鸡汤边绣，停电了，拿着针线凑到窗口借着月光接着绣……她的创作欲望如滔滔江水，绵绵不绝。

最后，作品终于绣好了。妈妈第一次拿来给我们看，也是在一个停电的晚上。窗外正是满月，月亮又大又圆，妈妈把那幅绣品“哗”地一展，长长的竖条幅很自然地展开，上面绣着“北国风光，千里冰封，万里雪飘”，真是太美了！

在那个有月亮的晚上，我和妹妹唱着歌，看着挂在墙上的毛主席诗词，兴奋得睡不着觉。妹妹说，她长大以后有两个心愿，第一是要考“北大”，第二是要绣好多花！

说着说着，就睡着了。妹妹绣的花进入了我的梦，花儿一朵接一朵地在月光下竞相开放，就像一张张小脸迎着月光。

3. 动眼娃娃

妹妹从美国买来“珍妮”送给我，说当初我很想要她箱子里的“十三娃娃”，但她不肯给，为此还咬过我的手背。我已经不记得她的“十三娃娃”长什么样子了，只知道把妹妹小时候的照片一直珍藏在钱包里。

每个人的童年都有一些抹不去的印记，这些印记会牢牢地跟随着你，伴随你成长。这天，为做新书宣传，我在书房拍了张照片，觉得漂亮，立刻发到微博上去，却忽然发现照片上“暴露”了我的娃娃，又赶紧把照片撤了下来。

我是个在书房里摆放洋娃娃的作家。这本来是件私密事，我不想说。每个作家都有许多有趣的事，有的特点甚至会成为卖点。比如，三毛的撒哈拉沙漠就是个很好的卖点，每当我们出国旅游，走到有沙漠的地方，就会想起三毛。

我书房的特点是洋娃娃多。我最早的一个洋娃娃是妹妹从美国带给我的，我给她起名叫“珍妮”，名字很一般，但我觉得非常贴切。像所有的洋娃娃一样，珍妮很漂亮，大眼睛，黄头发，她每天坐在我书房一角，陪我写作。看到她，我总会想起妹妹。

写作之余，我会不怕麻烦地给洋娃娃洗头，让她跟我用同一个牌子的洗发水，然后用吹风机吹干，珍妮的长发便有了跟我一样的香味。给珍妮洗头的时候，真的感觉她是一个活人，有着自己的体温和香气。

我的“娃娃情结”大概是在六岁第一次看到“动眼娃娃”时产生的。记得有一天，有个阿姨带着女儿来家里作客，那女孩看上去和我差不多大，六七岁的样子，打扮得很洋气，穿着黑色的小风衣，怀里抱着一个一尺半左右的狭长盒子。

我妈妈问那阿姨：“你家女儿手里拿的是什么？”

阿姨说：“新鲜玩意儿—— 一个会动眼睛的洋娃娃。”说着，便叫那孩子打开盒子，给我看“动眼娃娃”。

“她叫娜娜。”女孩说。

她让那娃娃在平整的方桌上躺下来，动眼娃娃的眼睛便自动闭上了。

“哇！”我原以为自己只是在心里惊叹，没想到早已喊出声来。女孩说：“你没见过吧？这叫‘动眼娃娃’！”

从那时起，“动眼娃娃”的种子便在我心里种下了。我一天到晚地缠着我妈，让她给我买“动眼娃娃”。妈妈答应下来，却说市面上没有卖的。直到有一天，她把妹妹从南京接回北京时，我惊奇地发现妹妹的箱子里有许许多多的娃娃。

妈妈看到有那么多娃娃，立刻改口说：“娃娃够多了，‘动眼娃娃’的事以后再说吧！”

这样一推迟，就一下子推迟了许多年。一直到我长大成人，有了自己的家，再也不稀罕什么“动眼娃娃”了。

妹妹从美国买来“珍妮”送给我，说当初我很想要她箱子里的“十三娃娃”，但她不肯给，为此还咬过我的手背。我已经不记得她的“十三娃娃”长什么样子了，只知道把妹妹小时候的照片一直珍藏在钱包里。她现在过得很幸福，每年过年回国时，她都会漂洋过海地带给我一个洋娃娃。

我们已不再是小女孩，但依旧保留着童年之趣。

4. 神奇的紫衣

紫衣做好后，我穿上它，有板有眼地坐在写字台前看书、写字，感觉自己俨然成为一名作家。

9 岁那年，我决定要当个作家，于是身穿一件紫衣，站在阳台上练习诗朗诵。那件紫衣是妈妈亲手为我设计的，是世界上独一无二的衣服，现在想来，真是非常好看。

我上辈子大概是个裁缝，对衣服的色彩、式样极为敏感。我的本职工作是写小说和做编剧，却会在文章中加入大量关于服装的描写，这点有些像张爱玲。她写服装也是很细致，颜色、光线、纹路、盘纽，样样都写得细、写得精。

我妈如果不做医生，应该会是个不错的服装设计师。她做得衣服总会有着别样拼接，领口、袖子、裙摆，都要做出不一样的设计，每件都花样翻新，不重样。如果是素色的衣料，小翻领就一定是细格子布的，袖口亦然。细节处相互呼应，美得让人想哭。

紫衣是妈妈突发灵感的设计。一天，她带我去西单商场闲逛，一眼便看中了一匹布，布纹是略硬的高支棉，比一般的棉布稍厚、挺括。更要命的是，它的颜色是极美的雪青色，小时候我管它叫“紫”，后来看了说明才知那种颜色的学名叫“雪青”。

我妈觉得这种雪青色给小姑娘做件上衣是最好看的。那时是冬天，快过年了，过年小孩子一定要穿新衣的。那天，她领着我买好布，便带着我骑上自行车飞快地回家了。一进家门，她不吃不喝，把布匹“哗”地往圆桌上一铺。我当时年纪小，站在桌边，被母亲铺天盖地的大布一罩，人就消失不见了。

母亲叫我名字，我不应。站在雪青色的布下，如在帐中，天地都是紫色的。

“这孩子，怎么躲在布里不出来？好奇怪！快点出来，我要下剪子了！”被我妈这样一吓，我才出来了。母亲看着我的脸，说道：“咦？还没穿上紫衣，脸上倒是先印上颜色了，瞧这青一块紫一块的！”

我去洗脸，听到母亲在大房间里下剪刀的声音。“嘎吱嘎吱”，锋利的裁衣剪嵌入崭新的布匹中，发出脆生生的、好听的声响。我家只有缝纫机，没有锁边机，母亲轻车熟路地剪完布，便拿着裁好的几片布到楼下的裁缝店去锁边。

我坐在窗边看书，等母亲回来。不一会儿工夫，母亲便兴冲冲拿着锁好边的布片回来，在缝纫机上挑灯夜战起来。那“哒哒哒”的声音听起来真是舒服，像是有节奏的音乐。

我母亲姓潘，家族里有一位国画界的大名人潘天寿。据说我家从前浙江老房子堂屋里的国画全都是潘天寿画的，母亲的设计天赋大约就来自于那位国画泰斗。她无师自通地学会了做衣服，并且花样繁多，充满了设计感。

那件紫衣，是一件小圆翻领外衣，雪青色的小圆领上，镶嵌着一圈纯白色的“狗牙边”，按现在话说，那叫“撞色”。我妈最懂“撞色”之美，蓝白相拼，湖蓝色和粉色相拼，浅红色与灰绿色相撞，粉红色与灰色相撞，“撞色”撞得巧夺天工。

紫衣做好后，我穿上它，有板有眼地坐在写字台前看书、写字，感觉自己俨然成为一名作家。

5. 一句话成就的未来

> 人横竖都是要有一点压力的，我们就像皮球，拍得越重，便蹦得越高。
>
> 感谢母亲那无心插柳的一句话，成就了我的未来。

我在微博上看到一张书单，推荐了十本书，全是关于如何写小说的。那些书我一本没看过，可我创作了许多小说。细想想，人的原创力是从哪里来的？也许只是因为幼年时的一个场景、一本书、一句话。回想起我自己当初开始写作，就是因为母亲无意中的一句话。

我从小就记忆力特别好，学习成绩很不错，在班里当班长。我对语文特别感兴趣，小小年纪便写得一手好文章，无论转到哪个班，班主任老师都会拿我的文章当范文来朗读。

一天，我们班语文老师来做家访，无意中谈起我的语文成绩特别优秀。老师的本意是说我文章写得好，可我母亲意会错了，马上来了句："我女儿就会死记硬背。"听到这句话，我如同冰水灌顶，冷得打了一个激灵。

从那时起，我就立下志愿，要做一个原创小说家。我要证明自己有创造力，而不是只会"死记硬背"，我痛恨这个词。我觉得委屈，因为我不是那样的人，我就是不服气。

大学毕业后，我一边工作一边写作，终于写出了有特色的散文，受到读者的喜爱；然后又写小说，出版了许多部长篇小说。我终于用行动证明了自己。我，不是一个只会"死记硬背"的人，我有我的翅膀。我终于找到了自己擅长的领域，并且开始展翅高飞。

一句话的力量，有时比一千条心灵鸡汤都管用。那些来自亲人的冷嘲热讽，往往会成为你前进的动力。努力向前，不计代价、不计时间成本。你花比别人更多的时间，用别人玩游戏、睡觉、谈恋爱的时间来做正事，就一定会比别人做得更好。

如果你有一个天天夸你的母亲，那是你的幸运；如果你有一对天天对你冷嘲热讽、没一句好话、伤透了你的心的父母，就请把他们的话当成发射火箭的动力吧！人横竖都是要有一点压力的，我们就像皮球，拍得越重，便蹦得越高。

感谢母亲那无心插柳的一句话，成就了我的未来。

6. 永不凋零的花儿

我们不能永远年轻，永远热泪盈眶，却依然对一个更美好的世界怀有爱恋。

据说，《哈利·波特》的作者罗琳在一次旅行中，透过火车车窗看见了那个戴眼镜小男孩的形象，他就是后来书中的人物哈利·波特。

文艺创作让人着迷，我很小就梦想着自己能够写小说。我小时候认字早，读过不少书，高中以很高的分数考入了北京师范大学附属实验中学。那所学校在“文革”前是女中，文艺风气很浓。语文老师亲手刻蜡版，把她认为重要的唐诗宋词用油印的方式一页页地印下来。

现在想来，老师油印唐诗的过程是多么烦琐，要用油墨滚儿一张一张地印。我想象着，在夜深人静的时候，老师独自一人在家中印那些唐诗，油墨的味道很重，也许并不像书中描写的那样美好，但老师坚持着。想到这样油印的唐诗一份份被发到同学手中，她心里一定是感觉比吃了蜜还甜。

每回实验中学同学聚会，我们都会回忆起语文老师在讲台上走来走去，手拿着课本讲朱自清的《荷塘月色》那一幕。大家你一言我一语，说得那么生动，仿佛瞬间又回到了从前。

我对高中时代的回忆，其他细节都近乎为零，当时穿的什么样的衣服，时兴怎样花色的连衣裙，早都忘记了。还有，北京街头公交车的颜色（只记得当时大家都管长安街上的1路公共汽车叫“大一路”），用什么样的学习用具，骑怎样的自行车，用什么样的学生月票，这些也早都已经忘记了，只记得学校里那些油印的唐诗，闭上眼，它们就会如雪片般一页页飘过，堆积如山。

我内心里一直默默地感谢实验中学的老师，她近乎强迫式地一直让我们读唐诗，读《古文观止》，这些都在无形中为我打下了扎实的文学基础。当时不知道背这些有什么用，后来才知道，这些高中时期背诵的东西，对我来说将受益一生。

我是一个幸运的人，在人生的每个重要阶段，都有一双无形的手将我用力一托，托上一个台阶。

我们不能永远年轻，永远热泪盈眶，却依然对一个更美好的世界怀有爱恋。

搞文学创作这么多年，每当接受采访或写回忆文章，实验中学的点点滴滴就会从记忆的某个角落里冒出来，如同一朵朵永不凋零的花，一直开在我的记忆深处，成为我记忆中最鲜亮的颜色……

7. 初冬的第一场雪

满目金黄色的法国梧桐，诉说着季节变换，告诉人们“秋来了”“秋来了”。可这秋天真的很短，短得有时还来不及拿起照相机拍下那些美景，秋就已匆匆忙忙地溜走了。

十一月初的北京，秋突然收了它华丽的金灿灿的大袍子，换了件灰扑扑的长衫，山河皆素。我家后窗框里“住”的西山美景，由蓝天、白云、青山，忽地变成了云雾缭绕的仙境。下午去颐和园散步，发现那湖面上的荷叶卷曲成了一道鹅黄色的风景线，远远地，似乎闻到了雪的气息。

我们在湖边蜿蜒的道路上快走五公里。慢慢地，行人渐少，跑步的人离去，有人在倒行。

“今晚会下雪吧？”

“不会的，才刚十一月初呢。”

我和先生一边散步，一边有一搭没一搭地聊着天，然后开车回家。满目金黄色的法国梧桐，诉说着季节变换，告诉人们“秋来了”“秋来了”。可这秋天真的很短，短得有时还来不及拿起照相机拍下那些美景，秋就已匆匆忙忙地溜走了。

回家后，坐在大落地窗前的餐桌旁包馄饨，心情愉悦，仿佛在等雪。雪的味道越来越浓，身后的天空变成了暗蓝色。从窗口可以看见送快递的小哥寂寞地蹲在地上，等人来取快件。过了一会儿，他有些焦虑地站起来，踱着方步来回走着，大概是想快些完成工作，赶在下雪之前回家。

记得小时候，十一月初的北京是最忙碌的。全城冬储大白菜，大卡车拉着一车又一车的白菜，跑遍北京的大街小巷，把白菜卸在哪里，哪里就变成了一座小山。

卖白菜的工作人员个个身穿大皮围裙，脚踩雨靴，戴着袖套，吆五喝六地让人们排好队。他们张口就问那些排队的大人：“轮到您了！今年您家要几百斤？”

那时冬储大白菜是论“百斤”卖的，没有人论“棵”，你若买一棵抱回家，会当场让人笑死。今天人们生活富足，想吃什么有什么，再也用不着冬储大白菜，只要带着钱包，冬天什么菜都可以买来：茭白、笋、冬瓜、韭菜、水芹、彩椒……这些菜的名字，听了都觉得像一幅幅彩色的画。

初冬除了囤积些蔬菜，还要买布做新衣、棉袄。我小时候年年棉袄罩衫都是新做的，成年后新衣很多，但到了换季的时候，还是要到商场去买一堆纯棉内衣、秋衣秋裤。秋裤这种东西最适合北京的天气，天若一凉，立刻上身，绝无二话。

十一月初的北京，天地骤变，人心欢腾。初雪将至，美且素淡，像那已经人到中年的女子，素如白雪，红唇入画。

8. 大澡堂

原来，她早就看出来我们的澡票是假的，
只是睁一只眼、闭一只眼，故意放我们进去的。

少女时期的我，是生活在北京大院里的。那时北京的天很蓝，大院里的孩子上学，都成群结队地骑着自行车，潮水一般涌出来。洗澡也是成群结队的。我和妹妹都是到单位大澡堂里去洗澡。北京的冬天冷，湿漉漉的头发总是被冻成冰棍，可我们总是很开心，一路唱着歌回家。

有一回，丢了澡票，我和妹妹急得团团转。

澡票这东西在二十世纪七八十年代的北京很常见。各大机关单位都有自己的洗澡堂，有的还很大，可同时供一百来人同时淋浴。在我们航天部大院，这样的大澡堂不止一个。那时，大多数人家里面都没有热水器，要去澡堂集中洗浴。澡票是父母单位发的，数量有限，十分珍贵。

星期六晚上，我和妹妹写完作业，收拾好东西准备去洗澡，却发现两张澡票不见了。这下我们可要急死了，找不到的话要被妈妈骂的。好在那澡票设计粗糙，我让妹妹找来两张薄纸片，我拿剪刀裁剪成合适的大小，又找来蓝墨水笔和尺子，凭记忆三画两画，短短工夫，“澡票”便成功出炉。妹妹拿过来仔细看了下，说了句：“姐，你真是天才啊！简直一模一样！”

我俩欢呼着，一阵风似的出门去洗澡。那时，小姑娘去澡堂都流行自带一个盆，那盆是用来装东西的，并不用它洗澡。盆里装的东西可多啦，有香皂、毛巾、拖鞋，还有梳子和洗头膏。那时没有洗发香波，我们用的洗头膏是淡绿色的，巴掌大小，用透明的油纸包着。洗头的时候就掰下来一小块抹在头上，立刻芳香四溢，效果一点也不比现在的洗发水差。

天色黑下来，北风呼呼地刮着，我们两个小孩子却一点也不知道冷，一人拿着一个盆，蹦着高地往前走。到了澡堂过关的时候，心里忍不住有点小紧张，心“咚咚咚”跳得很快。因为手里拿的这两张澡票是赝品。好在澡堂门口坐着一个爱打毛线的阿姨，手里的小竹针上下翻飞着，交给她澡票时，她连眼皮都不抬一下，就直接把澡票扔进了小盒子里。

“进去吧！”

“唉！谢谢阿姨！”

我和妹妹交换了一个眼色，偷笑着跑进了澡堂。

澡堂里人很多，有刚洗好了顶着一头湿漉漉头发出来的，也有刚进来准备脱衣服进去的。

北方大澡堂一般都较为宽敞，热水莲蓬一个挨着一个，中间没有隔断。据说，一部分南方人很不习惯这种洗法，宁可打水在家里洗，也不愿去公共大澡堂。

澡堂内热气蒸腾，水雾弥漫。成熟的女子走来走去，形状各异，有的美，有的就丑些。我们两个小孩穿梭其间，寻找着自己的水龙头。终于，我俩占领了一个大莲蓬，痛痛快快地洗了起来。

“姐，你说，刚才那个阿姨看出来了吗？”妹妹问。

“肯定没看出来，你没看见她在织毛衣呢吗？”

我俩洗得香喷喷的，有些得意地出了门。刚走到澡堂门口，就听到那阿姨说：“下回注意啊，阿姨可是火眼金睛哟！”

原来，她早就看出来我们的澡票是假的，只是睁一只眼、闭一只眼，故意放我们进去的。

她可真是一个好人！

啦啦啦！我们姐妹俩唱着歌，一路走一路笑，把天上的星星都笑了出来。

9. 冬日光影里的美妙时光

日光有脚，光阴溜走得飞快。我们站在日光里，看大地飞转。那一刻，唯有静止，凝然不动。天地之美，便在此刻降临。

去颐和园闲逛时，看到湖面已结成厚冰，我便让先生给我拍照。我们拍了冰面和水，还有人的。有一张我特别喜欢，是我先生王林拍的：我身后是颐和园我最喜欢的一条小路，道路蜿蜒，树木倒伏，湖面结冰，水面微蓝。镜头拍出来，宛若电影里的布景一样好看。

他给我拍了很多张照片，总是急急的，我还没站稳，笑容还没展开，他已“咔嚓咔嚓”地按起快门来。但他拍得很好，用他自己的话说，叫“艺高人胆大”。

我站在那倒伏的树木中央，日光照在我的皮靴上，尽管隔着厚厚的牛皮，我还是能感觉到太阳的能量，它是温暖的、和煦的。

冬天的北京通常晴而冷，不戴手套能冻掉手。小时候戴大棉手套骑自行车，在风里骑得飞快。

冬天的北京，有时会刮起九级大风。那风像性格暴烈的男子，不管不顾，砰砰地敲着门，敲着窗。每逢这种刮大风的天气，我和先生就待在家里，下载一部电影看。有时我起身去冲咖啡，错过几个情节，他便说那些情节不重要，让我跳过去。我也知道他在糊弄我，偏又装作很乖巧的样子说“那好吧”，重又歪在沙发上，跟他一起接着看。

我们把这种不出门的生活方式叫作“猫冬”。

冬天也有艳阳高照的日子，树影仿佛动物的骨骼，又如大师握笔在手，笔尖锋利地在大地上书写下文字，墨淡，树影迷离。日光有脚，光阴溜走得飞快。我们站在日光里，看大地飞转。那一刻，唯有静止，凝然不动。天地之美，便在此刻降临。看那远山，淡得如墨尽了一般；看那湖水，冰面微蓝，一冻到底。湖面有一道蜿蜒的白色绢带，那是结冰时强风吹过造成的。千奇百怪，美得令人叹息。

美

一辈子不长，做你最想做的事

或许，幸福就是选择一件喜欢做的事情，每天靠近它、握紧它、揣摩它，想尽办法融入其中，并且把那件喜欢的事做到极致的好。

1. 一个人的舞蹈

不会一个人“跳舞”的妻子不是好妻子。

女人要学会自己担当，学会自己跟自己独处。

在公园里锻炼，经常可以看到一个女子独自跳舞的情景。她人到中年，身材苗条，很天真地戴着一副耳机，对来往跑步的人群不理不睬，就当他们不存在。

女子沉浸在自我的世界里，打着手势，摆动着身躯。看着地上自己的影子，摇晃着，赞叹着自己的美。有时阳光会照在她后背上，她穿着宽袖的披肩，从背影看，很像一只彩色的鸟儿。

她让我想起了另一个舞者。有一次我在埃及旅行，看了一场舞蹈。那位 55 岁的舞者动作灵活，身手了得。她不经意间被毯子绊了一下，可她巧妙地掩饰了自己的失误，很快站了起来，旋转如风。我曾在电视节目里看到一位 76 岁高龄的女士参加国标舞比赛，在旋转过程中不小心摔倒。那是一个真正的“大马趴”，整个身体都躺倒在地上。所有人都被吓坏了，可老人家从地上爬起来，掸掸裙子，立刻拉着舞伴的手，跌跌撞撞地再次舞动起来。现场所有的评委都站起来为她鼓掌。

女人，只要不怕摔倒，心就永远是年轻的。经常锻炼的人都知道，女人的耐力要比男人好。平日里娇娇柔柔的女人，长途行走、负重行军、登山都是一把好手。女人常常低估了自己，认为自己这不行那不行，害怕孤独，过分依赖。

学会一个人独处，对于在都市里长大的女子来说并不容易。她们从小就生活在人群里，从 3 岁起就被送到幼儿园，一直到 18 岁读大学，从来就没体验过一个人的生活是怎样的。住校有室友，从早到晚可以说悄悄话；工作后有女同事，一有空就几个人约着一起出去逛街；商场、购物中心、超市里更是人挤人、人挨人。中国人多，走到哪儿都脱离不开一个“挤”字……

在这种热热闹闹的环境中长大的孩子，从小就对“寂寞”两个字缺乏认识，以为生活就得是随时被人关注着，吵嚷着，互相依赖，你好、我好、他好。

结了婚才知道，即使是最最亲密的夫妻，也不可能 24 小时绑在一块儿。每个人都有自己的事，女人如果学不会独处，就会认为自己的丈夫不爱自己，就会想东想西，无事生非。我见过有的妻子每隔半个小时就要给她老公打一通电话，生活中的一点小事都跟老公讲，非让他替自己做主不可。做这种女人的老公是最累的了，嘴上不说，心里的苦水肯定是哇哇的。

不会一个人“跳舞”的妻子不是好妻子。女人要学会自己担当，学会自己跟自己独处。

2. 父爱的味道

锅盖掀开那一刹那，锅里红的鲜亮、白的晶莹、绿的清新，样样都香气四溢，随着热气飘散出来。

父亲是位医生，身上永远有两种味道：医院消毒水的味道和饭菜的香味。

小时候，我一直以为父亲喜欢做饭，因为他会做汽水，会做面包，会做烧卖，会做凉面，至于米饭、炒菜就更不用说了。他做什么像什么，味道鲜美得不得了，以至于长大后我们请父母到外面餐馆吃饭，母亲总是皱着眉头搛一筷子菜放在嘴里尝尝，然后把筷子一放，说："没你爸做得好吃。"

我一直记得父亲做得咸肉菜饭的味道，除了我家，我在任何地方都没吃到过那种饭，父亲把它命名为“赵家咸肉饭”。那种“咸肉饭”是用高压锅“压”出来的，里面放了三种东西：米、咸肉和小油菜。锅盖掀开那一刹那，锅里红的鲜亮、白的晶莹、绿的清新，样样都香气四溢，随着热气飘散出来。

味道就更不用说了，饭香中有菜香、菜香中有肉香、肉香中又透着米香。白米饭因为放了咸肉进去，变得油亮亮的；咸肉切得薄薄的，蒸熟后几近透明；油菜因为吸收了米和肉的精华，变得“神采奕奕”，叶子和茎全都鼓胀胀的，仿佛仍在阳光下茁壮生长。

“爸，那叶子和肉是怎么放进去的？”

父亲说：“你不要学，谁会做饭谁累！”

我原本以为父亲是喜欢做饭的，父亲却说：“你以为我真喜欢做饭呀，我是给逼出来的。”

父亲在南京老家的时候是娇生惯养的孩子，除了读书什么也不用做，据说他出来上大学的时候，连袜子都不会洗，但他结婚后变成了一个厨子。大女儿要春游，二女儿要考试，弟弟年纪小需要加强营养，父亲会根据孩子们的不同情况，自制面包汽水、点心小吃。有一次，他切胡萝卜不小心伤到了手，鲜血直流，还开玩笑说：“胡萝卜里缺肉了。”

长大以后，每当菜里有胡萝卜，我都会想起父亲的手指。成年后的我长时间漂泊在外，写作、旅行、主持节目，经常吃食堂饭、盒饭或者快餐饭。忙碌的间隙，我时常会思念父亲做的咸肉菜饭，那凝聚了父爱的味道，如影随形。

3. 海口印象

蓝的海、绿的树、金黄色的沙滩，两个穿着艳丽长裙的少女，沿海岸线奔跑嬉戏，转眼工夫就不见了踪迹。

海口给我的印象，是从一个骑车人开始的。

那天一早，我们想到图书馆大门口拍照，路上遇到一个骑电动自行车的海南人。他面色黝黑，说话声很高，很热情。我们问路，他说："不远不远！"并用手一指："就在前面！"

我们来到一处可以看见"海南省图书馆"字样的大门口（其实是侧门），拿出相机刚要拍，只见一个人急急火火地骑着电动车赶过来，嘴里呜里哇啦地说着什么。我们听不懂，以为犯了什么禁忌，用无辜的眼神望着他。骑车人急出了一头汗，改用普通话对我们说：“这里不是大门，大门要从这边绕过去。”他一边说一边用手比画着，脸上好似大河小河，淌的全是汗。

我们没想到海口人如此认真，会骑着车子追过来指路，忙连连致谢，随后朝着他指路的方向走去。走了几步，我再回头时，发现骑车人仍站在原地，专注地盯着我们的背影。确认我们没有走错方向后，他才跨上电动自行车离开。

我们来到正门，看到骑车人说的那块上面写有“海南省图书馆”字样的巨石，这才放下心来。我们架好机器，开始拍照，边拍边对海南人赞不绝口。他们热情、朴实、为人厚道，“追着别人给人指路”，这在别的城市是不多见的。海口人真是太可爱了！

拍完照，我们打车去了海边。海口的假日海滩很大，游人众多，却非常干净，沙滩上没有一片纸屑。我们去时，海很宁静，没有一点声响，像一头睡着了的猛兽，只发出轻微的鼾声，让人觉得心安。在海边戴着宽檐大草帽，手里拿着一杯浓浓的、凉凉的水果汁，边走边听着歌曲《那些花儿》，很是惬意。

午后，海水轻微涨潮，发出“哗哗”的声响。这时候，风也来了，像有一只巨手在用力晃动着椰树，椰树像大毛笔似的，朝着天空“舞文弄墨”，椰子树写出的，是真正的“天书”，没人知道它们在蔚蓝色的天空中书写下了怎样的秘密。

蓝的海、绿的树、金黄色的沙滩，两个穿着艳丽长裙的少女，沿海岸线奔跑嬉戏，转眼工夫就不见了踪迹。而我，只想在沙滩上躺下来，晒晒太阳、喝喝果汁。折下一根竹枝，在沙地上书写着，写来写去，发现书写出一个大字：爱。

海口，是一个有情怀的城市，有爱的城市。这就足够了。

4. 生活是一场螺旋上升的轮回

生活，就是轮回。慢慢地，还有更多从前的时髦会回来，包括曾经流行的书和作家。

生活有时就像兜圈子，套用一个物理学的词语，叫螺旋上升。从起点慢慢出发，兜兜转转、迂回前行，以为走了很远，其实只是一个大圈子走完，又兜了回来。

曾经以为，我们开上私家车以后，就再也没人喜欢骑自行车了；曾经以为，吃过鲍鱼，就没人再吃小黄鱼了；曾经以为，自己出版了长篇小说，就不会再写小文章了；曾经以为，穿上时髦华丽的时装，就不会再穿布衣布裙了；曾经以为，我们有了耐克、阿迪达斯，就不会再穿方口布鞋、绲边绣花鞋了……

后来才知道，这种想法实在幼稚。自行车重新回归人们视野，变成一种时髦。在北京有大大小小的自行车骑行俱乐部，从车子到装备，都价格不菲。他们以车会友，每周定期聚会，骑车“刷街”。自行车骑行在京城灯火之间，如入仙境，高楼入云、华灯璀璨，过不完的彩虹桥，看不完的灯影霓裳。骑行的乐趣在于移动的风景，走遍京城角角落落，看灯火、看人群、看广场、看喷泉……骑行看到的是人生的横截面，好像一只西瓜，只有从中间切开，才能看到里面鲜红诱人的瓜瓤。

生活似乎又重新回到了原来的模样，骑车、打球、步行成了一种时尚。熬上一锅小米粥，吃上一点小咸菜，特别爽口，大鱼大肉，请止步！我们开始吃素，追求健康的生活方式：丢开电脑，手写成为一种时髦，更多的人开始练毛笔字；文人画的画，比任何时候都要多；穿布衣布裙，穿白衬衫花裙子——这还是我们童年入少先队时的打扮；街上飘起烤地瓜的香味，有人想起吃烤馒头片的滋味……我们开始吃简单朴素的食物，不再喝可乐，改喝白开水；不再吃麦当劳，改吃米饭、素菜、菠菜汤；不再整天盯着电脑、手机，动手做一些有趣的事：串珠子、设计小首饰、画画、填色、十字绣……

骑行者的骑车生活，小女子的十字绣，这些与我们的前辈并无两样。生活，就是轮回。慢慢地，还有更多从前的时髦会回来，包括曾经流行的书和作家。

5. 舌尖上的百年盛宴

食客只知其美味，又有多少人能知道，这场盛宴，随着那小店浮浮沉沉，慢慢走来，竟已过百年……

入夜，天空难得飘起了小雨，空气很好。我跟朋友一起去了外语学院附近的“东来顺”。车在雨夜中行驶，迎面而来的小雨点打湿了车窗玻璃，音乐若有若无，车窗外的世界一下子变成了弯曲的油画和朦胧的霓虹灯。

“东来顺”是北京名片之一，有朋友从外地来，一定要带着去吃一次。据说“东来顺”开创于1906年，创始人名叫丁德山。东来顺最早是粥摊，早年间创业很是艰难。丁德山一定想不到，一百多年后的今天，东来顺在北京遍地开花，拥有多家分店，深受食客们的喜爱。

一进入外语学院附近这家东来顺餐厅，就感觉像进了一家现代化的酒吧。里面并无古色古香的装潢，也无百年老店的气氛，要不是看见桌上摆着的紫铜火锅，真会以为走错了地方、进错了店。

“外院”这种地方向来就是洋气、时尚和简洁的，在西式酒吧里开“东来顺”也不足为怪。

虽下着雨，我们到时车位已满，经守车人协调才匀出来一个车位。一个人的坡起开进去，众人纷纷下车。雨滴渐密，贴心的服务员赶来撑伞。

穿西装的大堂经理迎过来问候：“您好！几位？大锅还是小锅？”我一眼便看中了带有景泰蓝花纹的小火锅，一连声地说：“小锅，小锅！”大家坐下来点菜，菜还没点完，那景泰蓝小锅就端了上来。蓝紫色的锅身上开放着一朵大而雅致的白牡丹，边缘是浅蓝色的，好像少女的裙摆，随风摇曳。

小锅好看，羊肉更是美哉。我们点了肥牛、手切羊肉和羊上脑。锅里的汤慢慢煨着，只等师傅切好羊肉上桌。“羊上脑”是位于羊脖颈后、脊骨两侧的上好羊肉，涮着吃肉质鲜嫩、味美无比。

肥牛最先上桌，片片牛肉如叶子大小，红白相间，如同艺术品一般，有着弯曲迂回的纹路。肥牛片切得很薄，拿筷子夹起来，入锅烫一下就熟。还有一种说法叫“不松筷子”，特别是用大火锅涮肉，嫩的肉不能松筷子，筷子一松，肉就潜入锅底，再找到时，肉就已经老了。

羊上脑上桌，码得整整齐齐，放在素雅的白瓷盘里端上来。在“咖啡厅”里涮羊肉，总觉得有点好玩。羊肉端上来，感觉像有人端上来一杯咖啡。这种异样的感觉一闪而过，思绪很快又回到鲜美的羊肉上。把羊肉投入沸水中，滚一滚，蘸上配料吃，香嫩多汁，唇齿留香。

“东来顺”的名字也很有讲究，据说吃过之后日子会越过越顺、生意会越做越顺。

吃过涮羊肉，出来时，外面的雨已经停了。

天上有一颗星，特别亮，我虽不知道它的名字，它却光芒不减。就犹如刚刚品味的那场盛宴，食客只知其美味，又有多少人能知道，这场盛宴，随着那小店浮浮沉沉，慢慢走来，竟已过百年……

6. 不完美才美

给自己少一点压力，别让追求完美变成压力甚至噩梦。对抗压力的最好办法，就是学会顺其自然，接受并不完美的人生。

我的朋友是位很厉害的女导演，她常常推荐影片给我看，《黑天鹅》就是她推荐给我的。最近我在写剧本，我俩一起工作，常常会聊到《黑天鹅》。

幻觉出现在特定时空，比纯粹的舞蹈闪现更合适。我认为《黑天鹅》讲的是控制与压力。电影里的女孩一直想要完美地展现出那段舞蹈，而她的幕后指导却说："完美不是控制出来的，是爆发出来的！"这句话说得很对。生活中，有完美主义倾向的人不单单是搞艺术的人，生活中的常人都会有，女人尤其多。

我认识一个女人，常常担心餐馆桌子上的那瓶花会摆歪。那是一家我们常常去的西餐吧，每次进门，她都会不由自主地去帮侍者摆弄那瓶花。大家都在讨论重要的问题，她的精神却无论如何也集中不起来，担心来担心去的，还是感觉花瓶的位置不对——这就是完美主义者，总是希望每样东西都摆得符合她的心意。

有完美主义倾向的人很累，他希望能用意念控制周围的一切，服饰、食物、家具，甚至是鱼缸里的鱼，都希望能按照自己想象的样子存在。完美主义者出门前要挑三副以上的耳环，试五双鞋子、换六次衣服，虽然很麻烦，出门在外时，却会显得漂亮而精致。

但什么事情都不能过头，一旦过了头，就会走向反面。《黑天鹅》中的芭蕾舞女演员因向往完美而产生过多的压力，后背上一片原本普通的过敏性皮疹，到了她那儿都会被想象得非常严重；手指上的一点小麻烦，她也会想到皮破血流、难以控制。

我听说，高考的孩子中有人因压力过大，故意给自己制造麻烦，比如吃坏肚子，导致腹泻不止，想出各种各样的方法来逃避高考。

考试带给人的压力太大了。我已经许多年不考试了，夜里依旧会梦到一页一页没完没了的数学题，我怎么做也做不完，然后被噩梦吓醒。但我从没梦见过写稿子，一次也没有。可能写稿子是我最擅长做的事情，所以没有压力。

给自己少一点压力，别让追求完美变成压力甚至噩梦。对抗压力的最好办法，就是学会顺其自然，接受并不完美的人生。

7. 并非万能的人生魔盒

世界有着它发展的轨迹，都不是人为的力量能够阻止或者超越的。我们只有耐心地适应它，才能获得真正的方便快捷和心灵的愉悦。

我有一个“爱情信箱”，是专门为有情感困惑的人设置的。

人间百态尽在其中，写信的女子各式各样。她们把问题投进电子信箱的时候，一般会隐去真名，只把事情的来龙去脉说清楚。事情通常都来得比较急：不慎爱上一个男子，他是已婚的，但爱他爱得头昏脑涨，不忍放弃，怎么办？还有跟所谓男友“结婚”已经六年，但一直没去领证的，当两个人面临分手的时候，却发现根本无“婚”可离。

前几天，我还收到一封信，一个女孩说她男朋友性格懦弱，什么都听他母亲的。最近她怀了男朋友的孩子，想要跟他结婚，但男方却不敢跟母亲说出此事。因为女孩不是本地户口，而男方家属于当地拆迁户，一定要把有本地户口的女子娶进门，才可以多分一套房子。

也有一些与情感无关的信：找不到人生方向的，嫌老公事业上不能帮自己的，还有喜欢购物的女子，自己管不住自己，写封信来“找骂”的……

守着这个魔盒一样的信箱，我常常害怕打开它。我一天只收一次邮件，通常是在夜里。鼠标轻轻一点，人生百态，滚滚而来。有人在信里哭泣，有女子用优美的文笔写了言情小说投稿给我，请我帮她推荐到文学期刊。还有文字狂暴的男子在信中与我争论文学问题……这些都是我开博客之前没想到的。我不是每个问题都回答，这是我的权利。

做个快乐的人，第一步就要从不抱怨开始。这是我在回信中常常说到的一句话。我常常在想，这些写信的女子长什么样，为什么愿意把心事吐露给陌生人？

我是一个写小说的女子，也常有人愿意把她的爱情故事提供给我。她们说，这是很好的“小说原型”，赵凝你一定要把它写出来。她们的热情让我感动，我有一部长篇小说便是以其中一封信的人物为原型写作的。

她们有所不知，真实的故事比虚构的还要难写，身在其中，每个人都觉得自己的故事最感人，但对小说作者来说，一块材料能不能雕琢成玉，全凭天意。

电子邮件差不多已完全取代了现实世界中邮政人员送来的信笺。我不是怀旧的文人，从不怀念那些贴着邮票的牛皮纸信封。世界有着它发展的轨迹，都不是人为的力量能够阻止或者超越的。我们只有耐心地适应它，才能获得真正的方便快捷和心灵的愉悦。

8. 幸福其实很简单

这世上的许多事是没有绝对的对错、正反甚至上下的。人站在各自的立场上想问题，都会觉得自己是对的。

我的讲座现场人山人海，我正讲着，从台下传上来一张小纸条。令我略感意外的是，写字条的竟然是位男士。

一个男人夹在女人堆里听讲座，还主动问问题，让我觉得很奇怪。我快速打开他的字条，只见上面写道：

赵老师：您好！

我是一个刚结婚半年的新郎官，由于还没有房子，婚后我们小两口跟我爸妈住在一起。我妈比较厉害，是单位里管人事的，对我俩也从头管到脚。我爱人很怕她，她俩的关系总搞不好，我成了一块“夹心饼”，两头受气。我该怎么做才能处理好这种关系？谢谢！

小伙子的字写得很好，方正有力，有点像庞中华字帖。能写出这样一笔好字的男人，在家里却要做“夹心饼”，实在可惜。我的观点是，一个男人，无论是在家里还是在单位，都千万别做“夹心饼”。

男人要有自己的立场和主见，耳根不能太软，硬气的男人最好立足。这世上的许多事是没有绝对的对错、正反甚至上下的。人站在各自的立场上想问题，都会觉得自己是对的。

妈妈很强势，从头管到脚，谁也拦不住，不如就让她说好了。只要你在妻子面前有自己的坚持和立场，妻子就不会生气。就怕你是墙头草，两边倒，妈说妈有理、妻说妻有理，你都觉得对，没有自己的看法。这样就会两边都不讨好，两边都很累。

男人是要有一点镇得住人的本领的，大到治理国家，小到治理小家，管好媳妇，都要有博大的心胸，超凡的远见，还要善于倾听、少言、不苟言笑，一旦说话，就要掷地有声。

幸福其实很简单要，让妈妈和太太对你同时折服，你得变成“将军”，而她们会听命于你。

9. 女强人的 Mr.Right

不管找什么样的男人，都一定要记住，他一定得是个经济上能自立的男人，不能只是一个吃白饭的。

最近我刚完成一部小说，书中的女主人是一名“女强人”，各方面条件都很不错，人也长得很漂亮，可就是找不到合适的老公。

在我看来，如果女孩子很强势、很优秀，最适合找以下三种男人做老公：

第一种：男人也很强势。

这种男人大多是成功的男人，业界精英、高层管理人员、有管理才能。

内心强大的男人，很少有自卑感，再强大的女人在这类男人眼中也只是“小鸟”，他们绝对不会觉得你“强势”。你的“强势”在更强大的气场面前，相对缩小了，他会视而不见，只会觉得你可爱。

第二种，视金钱为“粪土”的男人。

钱这个东西，多到一定程度时，就显得不那么重要了。钱不能完全衡量一个人的能力，一个好的家庭，是不会斤斤计较男方挣得多还是女方挣得多的，因为家就是一个整体。男女在一起，有趣的事情还有很多，何必整天数钞票呢？

第三种，年龄比你小，但经济上独立不依附的“小男生”。

许多人不看好“姐弟恋”，但实事求是地说，在“剩女”这个年龄段，没结婚、没女朋友的成功男士已经不多了，但年纪稍小几岁的未婚男青年很多。如果身边有合适的，不妨考虑一下。

不管找什么样的男人，都一定要记住，他一定得是个经济上能自立的男人，不能只是一个吃白饭的。挥霍型的男生更不能要，这类败家男，他们最喜欢接近的，就是所谓的“强势型”女生。

10. 幸福的味道

> 或许幸福就是选择一件喜欢做的事情，每天靠近它、握紧它、揣摩它，想尽办法融入其中，并且把那件喜欢的事做到极致的好。

我每天都在想，幸福到底是什么？是台灯上那一抹流苏，是一件美丽上衣上的蕾丝花边，还是一个英俊男子的会心一笑？我不知道。

或许幸福就是选择一件喜欢做的事情，每天靠近它、握紧它、揣摩它，想尽办法融入其中，并且把那件喜欢的事做到极致的好。

我与文学就是这种关系。十年前的某一天，当我决定写作，便毅然放弃了生活中原有一切，全身心地投身到那件喜欢的事情当中去。

我品味到了幸福的味道，幸福就是让文字在笔尖闪烁。

幸福的另一个层面，就是有人相伴。

在爱你的人眼里，你是美丽的，这就足够了。你早晨起来，他觉得你清新；你从中午开始忙碌，他觉得你丰盈；夜晚你开始懒散，喝喝小酒、听听调频台，他觉得你简单可爱……

有人相伴，就不惧怕时光的流逝。任窗外花谢花开，我们有我们凝固不变的房间、温暖的床、摆满书籍的写字台。打印机发出嘎吱嘎吱的响声，收音机的指针正对着音乐调频台……

幸福还是把梦想变成现实的过程。十年前的某一天，我站在图书大厦的文学柜台前，希望那一排名家的书籍里有一本小说是我写的。我身后是大师们的文字，我眼前是未来的我自己。

有目标的女人是幸福的，她每天都在忙碌，在忙碌中获得充实感和与人无法言说的愉悦。

感谢时间的磨洗，我终于变成了一个可以从容应对一切的女人，荣耀、欢喜、背叛、中伤，都无法改变我的日常状态。我要让阳光照到脸上，我要到花开的山坡上去照一张相，我要一杯咖啡，当然，要加糖。让生活中满满的浓香围绕着我。

我凝视着生活的眼睛，对它说，我爱你！